# QUAND LES POLITIQUES NOUS FAISAIENT RIRE

# Du même auteur

## Essais historiques

*La Justice au XIXe siècle : Les Magistrats*, Perrin, 1980
*La Justice au XIXe siècle : Les Républiques des avocats*, Perrin, 1984
*Les Oubliés de la République*, Fayard, 2008 (prix Agrippa d'Aubigné 2008)
*Les Dynasties républicaines*, Fayard, 2009
*En tête-à-tête avec Charles de Gaulle* (illustrations Philippe Lorin), Gründ, 2010
*En tête-à-tête avec les présidents de la République* (illustrations Philippe Lorin), Gründ, 2012
*Ces femmes qui ont réveillé la France* (avec Valérie Bochenek), Fayard, 2012
*Dictionnaire amoureux de la République*, Plon, 2017
*Trois minutes pour comprendre les fondements et l'histoire de la République française.* (avec Laurent Kupferman), Le Courrier du Livre, 2017
*Nos illustres inconnus*, Albin Michel, 2018
*Une histoire de famille*, Robert Laffont, 2019

## Essais politiques

*Les Idées constitutionnelles du général de Gaulle*, LGD, 1974 (réédition 2015) (prix Edmond Michelet 1974)
*Le Pouvoir politique*, Seghers, 1976
*Le Gaullisme* (avec Michel Debré), Plon, 1978
*En mon for intérieur*, Lattès, 1997
*Le gaullisme n'est pas une nostalgie*, Robert Laffont, 1999
*La Laïcité à l'école, un principe républicain à réaffirmer*, Odile Jacob, 2004
*Qu'est-ce que l'Assemblée nationale ?*, L'Archipel, 2006
*Racontez-moi le Conseil constitutionnel*, Name Éditions, 2010 et 2014
*« Françaises, Français ». Ces discours qui ont marqué la Ve République*, L'Archipel, 2013
*Le Monde d'après Chirac*, Tallandier, 2015
*Ce que je ne pouvais pas dire*, Robert Laffont, 2016
*Tu le raconteras plus tard.*, Robert Laffont, 2018
*Jacques Chirac, l'album souvenir* (avec Xavier Panon), L'Archipel, 2019

## Romans policiers

*Le Curieux*, Éditions N° 1, 1986
*Pièges*, Robert Laffont, 1998
*Quand les brochets font courir les carpes*, Fayard, 2008
*Meurtre à l'Assemblée*, Fayard, 2009
*Regard de femme*, Fayard, 2010
*Jeux de haine*, Fayard, 2011
*La Rumeur*, Robert Laffont, 2020

## Témoignages

*Je tape la manche* (avec Jean-Marie Roughol), Calmann-Lévy, 2015
*Le Temps des huîtres* (avec Valérie Bochenek), Albin Michel, 2019

JEAN-LOUIS DEBRÉ

# QUAND LES POLITIQUES NOUS FAISAIENT RIRE

*Promenade historique, souvenirs personnels et anecdotes*

BOUQUINS

*essai*

92, avenue de France 75013
ISBN : 978-2-38292-106-7
Dépôt légal : octobre 2021

*À Camille, Gabrielle, Aurèle*
*Vivienne, Margaux*
*Lila-Marianne.*

# Avant-propos

Nos hommes politiques sont-ils encore capables d'humour et de nous faire rire ? De la classe politique n'émergent plus de fortes personnalités aptes à manier l'ironie, les mots d'esprit et même l'autodérision. Il est loin, le temps de Clemenceau, Jaurès, Briand, celui de Mitterrand, Giscard, Chirac, sans parler de De Gaulle... Où sont les grands orateurs parlementaires qui maniaient la rhétorique avec talent ?

« Nous n'avons plus de grand homme, mais des petits qui grenouillent et sautillent de droite et de gauche avec une sérénité dans l'incompétence qui force le respect. », écrivait Pierre Desproges[1].

Le rire qui interpelle et illustre des contradictions, le rire arme du combat politique et social, le rire qui rassemble est passé de mode en politique.

*

1. Pierre Desproges, *Dictionnaire superflu à l'usage de l'élite et des biens nantis*, Le Seuil, 1985.

Afin de se prémunir contre les risques de dérives autoritaires ou plébiscitaires, s'était formé autour du régime parlementaire, depuis les débuts de la IIIe République, un certain modèle institutionnel. Il reposait sur la prééminence du pouvoir du Parlement, consacrait l'influence des députés ou sénateurs et l'effacement du président de la République qui incarnait l'État mais ne gouvernait pas, représentait plus qu'il ne dirigeait.

Les ministres tenaient leur autorité de l'onction parlementaire et de l'influence personnelle qu'ils avaient acquise sur leurs collègues députés et sénateurs lorsqu'ils siégeaient au Palais Bourbon ou à celui du Luxembourg.

L'hémicycle du Palais Bourbon apparaissait alors comme l'arène où les gladiateurs du verbe s'affrontaient et forgeaient leur réputation.

À la tribune, des orateurs conscients du pouvoir de la parole rivalisaient d'éloquence. La survie du gouvernement dépendait des députés et nombre d'entre eux, forts de leur propre légitimité, étaient animés d'une volonté de convaincre, de rassembler, qui s'appuyait sur leur capacité à discourir. L'influence politique passait par le verbe, dont l'humour est un instrument.

Souvent issus des barreaux, ces parlementaires possédaient le sens de la répartie et des techniques oratoires pour fixer l'attention, voire emporter l'adhésion à leurs idées. Les chocs des personnalités étaient bien souvent sans complaisance et la réputation de tribun essentielle pour consolider un rôle politique dominant. Au Palais Bourbon soufflait le vent de l'éloquence.

Les gouvernements résultaient de combinaisons partisanes et précaires, donc éphémères, et les crises ministérielles rythmaient la vie politique. À la tribune de l'Assemblée ou à la salle des Quatre Colonnes, face aux représentants de la presse, se confrontaient des personnalités singulières, dans un contexte d'ambitions et de rivalités clairement affirmées. Faire rire aux dépens de ses adversaires et consolider le soutien de ses partisans étaient l'effet recherché.

*

La V^e^ République a bouleversé ce schéma institutionnel et politique qui avait, s'agissant du fonctionnement de l'État, montré ses limites et défauts.

Le président de la République est devenu la clef de voûte des institutions, une sorte de monarque républicain, surtout après son élection au suffrage universel direct. L'installation et la persistance du phénomène majoritaire, le passage du septennat au quinquennat, l'élection quasi concomitante du président de la République et des députés ont fini par entraîner un certain effacement du Parlement.

La politique ne se détermine plus au Palais Bourbon, mais à l'Élysée et dans une bien moindre mesure à Matignon, hors du débat parlementaire.

Au Parlement, les lois apparaissent comme des instruments de la communication du président. Bien souvent l'actualité, les événements imposent leur rythme aux gouvernements qui font légiférer les parlementaires sur des projets conçus en réaction à des sujets de circonstance, non exempts de considérations électoralistes.

Peu importe que ces lois, pour certaines d'entre elles, soient inutiles et inapplicables ou requièrent de multiples décrets d'application, elles se doivent de faire illusion en donnant à l'opinion publique le sentiment de maîtriser une situation que l'on n'a pas prévue. Elles sont hâtivement préparées, et le débat parlementaire se résume trop souvent à une suite de monologues d'où l'humour est généralement exclu. Il s'agit simplement pour leurs auteurs de discourir pour donner l'impression de prendre en compte ces réalités immédiates sans chercher à convaincre leurs collègues, ni à enrichir le débat.

Les joutes oratoires se sont faites d'autant plus rares que les idéologies ont perdu de leur souffle face aux réalités économiques et que la parole politique est étroitement encadrée par la communication de chaque parti.

L'Assemblée nationale, dont les débats sont plus corsetés qu'auparavant, a certes encore des allures de forum, mais elle a perdu tout ou partie de sa puissance politique.

La capacité du député ou du ministre à improviser, tout au moins à se détacher de ses notes écrites pour se laisser aller à de grandes envolées lyriques et digressions passionnées, n'est plus en usage. Aujourd'hui, le discours écrit s'impose, l'argument circonstancié ou technique remplace la formule oratoire, exclut la citation ironique ou l'apostrophe piquante. Il s'agit non de peser sur une décision, mais, pour l'opposition, de prendre date et, pour la majorité, de manifester sa pleine confiance dans le gouvernement.

Les affrontements de personnalités ne s'expriment plus à la tribune, d'autant plus qu'à l'Assemblée nationale comme au Sénat, les ténors parlementaires se font de plus en plus rares.

*

Mais l'approche institutionnelle ne suffit pas à tout expliquer. S'ajoute aujourd'hui, sur la parole publique, une censure imposée par des donneurs de leçons en dehors même de la loi.

Pour éviter les campagnes de dénigrement déclenchées par certaines associations, organisations, certains groupes de pression ou de simples individus via les réseaux sociaux, les politiques doivent s'imposer une grande vigilance et veiller à plus de prudence dans l'utilisation de certains mots ou expressions. D'autant que ces réseaux s'emploient à hystériser une violence pas uniquement verbale. Très vite, une blague de bon ou mauvais goût, un trait d'humour, une réplique qui se veut un peu moqueuse, peuvent se retourner contre leur auteur et permettre de le clouer au pilori.

Ainsi, on ne peut plus rire de tout. Nombre de mots sont devenus délicats à utiliser, même pour plaisanter, sans risquer d'être immédiatement pris à partie et qualifié soit de sexiste, raciste, homophobe, soit d'islamophobe, xénophobe, antisémite, extrémiste…

Une présomption de culpabilité trop souvent se substitue à celle d'innocence et c'est avec une grande facilité que l'on se voit vilipender aux yeux de tous, dénoncer, accuser, condamner sans trop de vérifications et encore moins de nuances.

Le temps n'est plus, hélas, où le trait d'humour, la saillie verbale, le bon mot dans le débat public étaient une marque de distinction recherchée et admirée.

C'est peut-être aujourd'hui ce qui manque le plus à notre vie démocratique, dont l'appauvrissement tient, pour une part, à ce que le faux sérieux, la prétention, la posture se sont substitués à cette vertu irremplaçable : la capacité d'en rire.

# 1

# Les vertus de l'autodérision

Pour rire des autres, il est nécessaire d'être capable de rire de soi. « L'autodérision est une preuve d'intelligence », affirmait le philosophe Henri Bergson. Elle permet d'échapper à l'apparence et à l'illusion que peuvent conférer certaines fonctions importantes qui de toute façon sont plus ou moins éphémères.

J'ai toujours gardé en mémoire cette recommandation de mon père, le 8 mai 1995, à la veille de ma nomination comme ministre de l'Intérieur : « N'oublie jamais que tu seras plus longtemps ancien ministre que ministre. » D'un grand bon sens, elle m'appelait à l'humilité, m'incitait à la modestie.

Elle rejoint mes souvenirs de jeunesse. Nous sommes fin décembre 1958 puis dans les premiers jours de janvier 1959, l'appartement familial est animé, beaucoup de visites, le téléphone sonne sans arrêt. En cette période de fêtes, les boîtes de chocolats, les bouquets de fleurs reçus par mes parents n'ont jamais été aussi nombreux.

Devant l'entrée de l'immeuble, dans la rue, des photographes guettent, des policiers veillent, des curieux passent et repassent, la concierge est toujours aussi pipelette, mais elle grommelle moins qu'à son habitude. Que se passe-t-il ?

Mon père va être nommé Premier ministre. Bonheur. Trois ans plus tard, mi-avril 1962, la maison est étrangement calme, plus de photographes devant l'immeuble, la concierge continue de rouspéter. J'aperçois mon père dans son bureau. Il est seul, fume la pipe, lit les *Mémoires* de Saint-Simon. À 20 heures, il regarde le journal télévisé et suit régulièrement l'émission « Cinq colonnes à la une ». Qu'est-il arrivé ?

Il n'est plus Premier ministre.

Assurément, en politique, il vaut mieux être futur qu'ancien.

Un député me faisait part récemment de sa déception de n'avoir pas encore été appelé à siéger au gouvernement, peu lui importait à quel ministère, alors même qu'il s'était rapproché et finalement échoué sur les rives du parti présidentiel. Je me suis souvenu de cette sage recommandation paternelle et lui ai donc conseillé de demeurer encore un moment « futur ministre » et de tout faire pour accréditer cette idée qu'il était promis à un brillant avenir.

C'est en politique une situation bien confortable d'apparaître « ministrable ». Elle permet de se faire des amis, de se constituer un réseau de relations, d'attirer la curiosité des journalistes. Elle peut même conférer une certaine influence. Elle procure un sentiment d'importance. L'éloquence est alors un moyen utile pour exister et l'humour une arme précieuse pour faire parler de soi.

Être ministre, c'est intéressant, mais cela ne dure pas très longtemps. Il faut accepter les critiques même injustifiées, et, selon l'expression consacrée, avaler des couleuvres, car la politique gouvernementale bien souvent se détermine en dehors de vous, sans votre avis. Et comme l'affirmait justement, en grand spécialiste de la démission, Jean-Pierre Chevènement : « Un ministre, ça ferme sa gueule. Si ça veut l'ouvrir, ça démissionne[1] ». Et avec le cardinal de Retz, il est juste d'admettre qu'« il n'y a rien de si fâcheux que d'être le ministre d'un prince dont l'on n'est pas le favori[2] ».

Mais il est vrai que l'on continue de vous appeler, même quand vous ne l'êtes plus, « Monsieur le ministre » ou « Madame la ministre », et beaucoup en rêvent.

Ancien ministre, cela peut se prolonger durablement, mais ne sert à rien et surtout fait vite démodé. « Être ancien ministre, c'est s'asseoir à l'arrière d'une voiture et s'apercevoir qu'elle ne démarre pas », a ironiquement remarqué François Goulard, qui fut un temps secrétaire d'État, puis ministre dans les gouvernements Raffarin et Villepin.

Ce rêve obsessionnel de devenir ministre qui hante certains députés dès le lendemain de leur élection, parfois même avant, n'est pas un phénomène nouveau. Il a déjà été observé avec humour par de nombreux

1. Phrase prononcée quand il démissionna, le 22 mars 1983, du ministère de la Recherche et de la Technologie. Il a de nouveau quitté le gouvernement en 1991, refusant l'intervention militaire française en Irak, puis en 2000 quand, ministre de l'Intérieur, il n'a pas accepté la politique menée par le Premier ministre en Corse.

2. Cardinal de Retz, *Mémoires*, Le Livre de poche, 2003.

auteurs comme Jules Clarétie (1840-1913) dans *Monsieur le Ministre*, ou Jules Romains (1885-1972) qui, dans ses *Hommes de bonne volonté*, décrit l'ascension du député Maxime Gurau.

Sans la faculté de rire de soi et de tout, la politique peut devenir un exercice périlleux pour l'équilibre personnel. Mais cette capacité à déclencher le rire n'empêche pas, naturellement, d'assumer son mandat ou sa fonction avec sérieux et une pleine conscience de ses responsabilités.

Être capable d'autodérision permet de se convaincre de la fragilité des destins en politique. Président, ministre, parlementaire – ces situations ne durent jamais indéfiniment. Le « dégagisme » a même accéléré ce processus, quitte à se retourner contre ses inventeurs.

Les députés risquent tous les cinq ans d'être congédiés par leurs électeurs. Les ministres ne peuvent plus avoir l'espoir d'une très grande longévité. Sous la V$^{e}$ République, la durée moyenne d'un gouvernement se situe autour de deux ans. C'est un progrès par rapport aux six mois des ministères entre 1920 et 1940, puis aux sept mois de la IV$^{e}$ République.

L'humour, le rire aident à prendre le recul nécessaire pour ne pas demeurer accroché à ce que l'on a été ou croit avoir été, et évitent bien des déceptions ou réveils amers.

Mais l'égocentrisme qui marque parfois le personnel politique, mais pas lui seul, restreint les capacités à rire de soi, comme en témoigne, à sa manière, ce poème rédigé par Émile Combes en 1909, qui débutait par ce quatrain :

*Il n'est plus de partis dans notre Parlement*
*L'idéal a fait place au culte de soi-même.*
*Je m'en détourne donc pour écrire un poème*
*Qui sera pour mon âme un vrai soulagement.*

L'auteur de ces vers n'avait pourtant rien d'un boute-en-train.

*
* *

Je me souviens de l'humour de Kofi Yamgnane, parlant de lui. Secrétaire d'État chargé de l'Intégration de 1991 à 1993, conseiller régional de Bretagne, député socialiste du Finistère, maire de Saint-Coulitz, il aimait à plaisanter de son origine togolaise, se présentant comme « un Breton d'après la marée noire ». De même, Ernest Moutoussamy, élu de la Guadeloupe (1981-2002), qui, dans un poème intitulé *Au député inconnu*, se désignait comme le « député bagasse » dont « l'audace a froissé le foulard du Parlement ». La bagasse, c'est ce qui reste de la canne à sucre une fois pressée.

Tous deux se sont peut-être inspirés de ce que disait de lui-même Blaise Diagne (1872-1934), premier Africain noir à avoir été élu à la Chambre des députés, représentant le Sénégal, avant de devenir sous-secrétaire d'État aux Colonies. Dans sa profession de foi adressée aux électeurs pour les législatives du 10 mai 1914, il les invitait à s'élever au-dessus « des mesquines questions d'épiderme ». Et lors d'une réunion électorale, il indiquait, avec un humour subtil dans la façon de tourner le racisme en dérision, vouloir offrir « la meilleure garantie de représenter toute la population : je suis fils d'un cuisinier nègre et d'une fileuse de mil. [...] Je suis noir, ma femme est blanche, mes enfants sont métis ».

*

C'est justement afin d'encourager les parlementaires à prendre un peu de distance avec eux-mêmes que je fis installer en face du Palais Bourbon une boutique où le public pouvait acquérir certains gadgets, pour une part imaginés et dessinés pendant mes longues heures passées au perchoir, en séance de nuit.

Ainsi de ce fauteuil de réalisateur en toile blanche marqué « député », « ministre », « président » ou « futur ministre » ; de ce saladier où était inscrit sur le côté extérieur « salade électorale » et à l'intérieur « UMP, UDF, PC, PS » ; de ces chaussettes ou gants de cuisine imprimés « droite » ou « gauche » et de cette serviette de bain portant comme slogan au choix, soit « En politique on se mouille », soit « Avec les politiques on se mouille »...

Certains esprits grincheux au sein même de l'Assemblée y virent une atteinte à l'image des parlementaires et de la politique. Heureusement, le succès remporté par la boutique a fait taire la plupart de ces rabat-joie. Toutefois, après mon départ, l'un de mes successeurs, qui n'a jamais brillé par son sens de l'humour, a fait retirer de la vente les gadgets jugés trop provocants.

Certains voient dans l'autodérision un dangereux détachement par rapport à l'action publique qui aboutit à considérer que si tout est dérisoire, plus rien n'est sérieux. L'argument est recevable. Pour autant, ce n'est pas de l'excès d'autodérision dont il convient de se méfier le plus. Car l'humour en politique apparaît souvent comme le meilleur antidote au fanatisme et à l'intolérance.

## 2

## Une arme à double tranchant

Le rire est une arme politique qui peut s'avérer redoutable. Savoir mettre les rieurs de son côté apparaît toujours comme une preuve d'habileté. C'est parfois la meilleure façon de renforcer le lien avec ses amis ou partisans et, au-delà, avec l'opinion.

Quelle place l'humour occupe-t-il de nos jours dans le discours des politiques ?

Il demeure un des moyens de critique et de contestation, même s'il risque de plus en plus d'être entravé par une sorte d'autocensure, de soumission au politiquement correct. Au temps d'internet, des réseaux sociaux, la parole publique n'est plus aussi libre que par le passé.

Néanmoins, l'histoire en témoigne, nombre de politiques ont su, par un trait d'esprit, une phrase bien ciselée, faire rire aux dépens d'un opposant sans avoir besoin pour autant de lancer contre lui des campagnes de dénigrement.

*

Georges Clemenceau (1841-1929) reste un modèle dans ce domaine. Président du Conseil, ministre de la Guerre et de l'Intérieur, député pendant plus de seize ans, sénateur durant dix-sept ans, il s'est imposé comme un maître dans l'art de railler les « héros » de la société. Ses petites phrases aussi drôles qu'assassines ont fait de lui une référence incontestée.

Le recours au sarcasme était pour ce « rebelle » une façon de s'attaquer au conformisme des idées, de demeurer libre et indépendant. Son ambition était de « délivrer l'homme des chaînes de l'ignorance, de l'affranchir du despotisme religieux, politique, économique[1]... ». Et pour ce faire, « c'est une force, estimait-il, que de n'attendre rien que de soi[2] ».

Clemenceau n'a jamais résisté à la tentation des bons mots, parfois crus et déplacés, qu'il appliquait à tout le monde, au risque de blesser un ami. Il avait la rancune tenace et féroce. Abel Ferry, député et neveu de Jules Ferry, le décrivait comme « capable du pire dans le bien comme dans le mal, dans le mal surtout, car il est méchant ».

Ses traits d'esprit étaient d'autant plus efficaces qu'ils prêtaient à rire et n'épargnaient personne à part lui-même. Mais son ironie acide vis-à-vis de la plupart de ses collègues contribua en 1920 à lui barrer la route de la présidence de la République. C'est Paul Deschanel, un rival qu'il qualifiait de « petit » et avec qui il s'était battu en duel, qui fut élu à sa place.

1. Georges Clemenceau, discours prononcé à Marseille devant des militants radicaux, 28 octobre 1880.

2. Georges Clemenceau, *Grandeurs et misères d'une victoire*, Plon, publié en 1930 après sa mort.

Voici un inventaire de ses saillies les plus féroces.

De Léon Gambetta, envers qui il assurait pourtant éprouver de l'estime, Clemenceau disait : « Il ne savait pas où il allait, mais il y allait avec flamme. »

Lors de l'élection présidentielle anticipée faisant suite à la démission de Jules Grévy, mis en cause dans l'affaire des décorations, Clemenceau, surtout soucieux de barrer la route de l'Élysée à Jules Ferry, se rallia en 1887 à la candidature de Sadi Carnot. Il expliquait ainsi son choix : « Je vote pour le plus bête, mais il porte un nom républicain. » Sadi Carnot devança Jules Ferry au premier tour puis l'emporta au second, le 3 décembre 1887.

Concernant Henri Brisson (1835-1912), plusieurs fois président du Conseil, président de la Chambre des députés, ministre : « Qu'en dire de celui-là ? Plus bête que lâche ou plus lâche que bête ? Les deux. » Clemenceau appréciait encore moins Charles Dupuy qui fut aussi président du Conseil, le décrivant « sans autre idéal que le gonflement démesuré de lui-même ».

Il surnommait avec mépris « Ça rien, tout un programme » Ferdinand Sarrien (1840-1915), un autre cacique de la III^e^ République.

À l'égard d'Aristide Briand dont il avait d'abord reconnu le talent oratoire[1], il ajouta plus tard qu'il était « un merveilleux accumulateur de petits moyens[2] », le décrivant comme « capable de mentir même quand c'est inutile ».

1. *La Dépêche*, 26 octobre 1902.
2. *L'Homme enchaîné*, 13 août 1916.

Lorsque Clemenceau envisage en 1920, pour succéder à Poincaré qui ne se représente pas, de briguer la présidence de la République, laissant ses amis faire campagne pour lui, Briand se démène pour faire échouer cette candidature. Il réussit à empêcher son élection en parvenant à convaincre la droite catholique du danger d'élire un vieil anticlérical comme Clemenceau. À la suite d'une réunion préparatoire des sénateurs au palais du Luxembourg, où Deschanel obtient plus de voix que lui, il écrit alors à Léon Bourgeois, président de l'Assemblée nationale (Chambre des députés et sénateurs, réunis à Versailles pour l'élection du chef de l'État), qu'il retire à ses amis « l'autorisation de poser sa candidature ».

Le 17 janvier 1920, Deschanel est élu par 734 voix, Clemenceau a obtenu 56 voix. Amer et sachant quelle fut l'action de Briand dans cet échec, il le fustige en ces termes : « Même quand j'aurai un pied dans la tombe, j'aurai l'autre dans le derrière de ce voyou. »

On connaît aussi son peu d'estime et de sympathie envers Félix Faure, entré contre son gré à l'Élysée le 17 janvier 1895.

Clemenceau le traitait de « souche décorative[1] », le qualifiant même de « pauvre fantoche de foire[2] », ou de « Tartuffe épais » à la « pauvre cervelle bouffie de vanité bourgeoise ».

Qui ne se souvient de ce qu'il a déclaré lorsque Félix Faure décéda subitement à l'Élysée, le 16 février 1899 ?

1. *L'Aurore*, 2 décembre 1897.
2. *L'Aurore*, 5 janvier 1898.

Le président se trouve alors en la galante compagnie de M$^{me}$ Steinheil, quand il éprouve un malaise et s'effondre. Un prêtre est appelé pour lui administrer les derniers sacrements. En arrivant au Palais, l'ecclésiastique demande si le président a encore sa connaissance. Il lui est alors précisé qu'elle est sortie par une porte de derrière.

Le Tout-Paris politique et mondain de la Belle Époque se gausse de ce triste événement. Celle qui a fait passer le chef de l'État de vie à trépas héritera d'un surnom de circonstance, « la pompe funèbre ».

Clemenceau ne ratait jamais une occasion de placer l'un de ses bons mots et de laisser libre cours à son acrimonie féroce. Ainsi, évoquant toujours le défunt Félix Faure, résumait-il la fin de sa destinée : « Il se croyait César, il n'est mort que Pompée... » Et plus méchant encore : « En entrant dans le néant, il a dû se sentir chez lui. »

Poincaré (1860-1934) fut aussi l'une de ses cibles privilégiées. « Comme la plupart des jeunes prodiges, il [Poincaré] n'a rien fait de prodigieux[1]. » « C'est une riche intelligence et un pauvre cœur[2] », écrivait-il. Et il aurait donné à la fin de sa vie ces instructions : « Promettez-moi que sur ma tombe, il n'y aura pas de discours de Poincaré, ce serait mourir deux fois. »

Un jour de 1885, voyant arriver un nouveau député qui lui paraît plutôt sympathique, il précise : « Il n'a pas l'air bête… » Il s'agit de Jean Jaurès (1859-1914). Et il ne peut s'empêcher d'ajouter, éloge à double

1. *Le Bloc*, 1906.
2. *L'Homme libre*, 12 juin 1913.

tranchant, que pour un normalien « il a des idées personnelles, c'est curieux[1] ». Mais vis-à-vis de Jaurès, entré en politique sous le patronage de Jules Ferry, ce qui suffit à le rendre suspect aux yeux de Clemenceau, il finira par se montrer moins aimable, même si l'un et l'autre ont eu le courage de soutenir Dreyfus : « On reconnaît un discours de Jaurès à ce que tous les verbes y sont au futur. » Et il résumera son opinion sur lui d'une formule encore moins indulgente : « Le peuple est attiré par le vide, cela explique le succès de Jaurès. »

En 1906, alors que la gauche socialiste et radicale a remporté les élections législatives, leurs divergences apparaissent clairement. Ministre de l'Intérieur, Georges Clemenceau défend « l'individualisme » et le réalisme politique face à Jaurès, député et directeur de *L'Humanité*, qui prône, lui, une transformation profonde de la société.

Clemenceau, au cours d'un débat animé dans l'hémicycle, s'adresse ainsi à son adversaire : « Vous n'êtes pas le bon Dieu », lequel lui réplique : « Et vous n'êtes même pas le diable. » « Qu'en savez-vous ? », lui rétorque alors Clemenceau.

Son répertoire favori : fustiger « la politique, où l'on succède à des imbéciles et on est remplacé par des incapables ». Un milieu où « on ne ment jamais tant qu'avant les élections, pendant la guerre et après la chasse ». La vie lui avait appris, proclamait-il, qu'il y avait « deux choses dont on peut très bien se passer, la présidence de la République et la prostate ». Autre

1. Philippe Erlanger, *Clemenceau*, Plon, 1979.

trait d'humour cinglant : « Tout le monde peut faire des erreurs et les imputer à autrui : c'est faire de la politique. »

Fin observateur des mœurs et du vocabulaire d'un sérail qui ne vieillit pas, resté égal à lui-même particulièrement à une époque où l'expression « En même temps » sert d'alibi à bien des « évolutions » « mutations » ou « trahisons », Clemenceau, évoquant ces « pigeons voyageurs » de la politique, avait coutume de préciser : « Un traître est celui qui quitte son parti pour s'inscrire à un autre ; un converti, celui qui quitte cet autre pour s'inscrire au vôtre. »

« Ancien adversaire du Sénat, je suis aujourd'hui sénateur pour ma punition », confesse-t-il après avoir été élu le 6 avril 1902 dans le département du Var. Une « punition » qui va durer dix-sept ans. Lors d'un discours prononcé à Marseille le 28 octobre 1880, il avait pourtant prôné la suppression de cette assemblée. Mais face aux grands électeurs du Var en 1902, il a fait amende honorable : « Les événements m'ont appris qu'il fallait donner au peuple le temps de la réflexion : le temps de la réflexion, c'est le Sénat. » Ce n'est pas pour autant qu'il a renoncé à ses mots d'esprit.

Clemenceau n'a pas épargné non plus les fonctionnaires qui formaient les cadres de la République. Il s'est montré vis-à-vis d'eux d'une particulière férocité.

La France, expliquait-il, est un pays fertile : « On y plante des fonctionnaires et il y pousse des impôts. » Il ajoutait : « Les fonctionnaires sont un petit peu comme les livres d'une bibliothèque, ce sont les plus haut placés qui servent le moins. » Et toujours avec une même acidité, il racontait que « les fonctionnaires sont les meilleurs maris. Quand ils rentrent le soir à la maison, ils ne sont pas fatigués et ont déjà lu le journal ». Et souvent, il les priait « de ne pas partir avant d'être arrivés ».

Le récit de la première visite impromptue de Clemenceau dans les bureaux de la place Beauvau, juste après sa nomination comme ministre de l'Intérieur, reste mémorable. Tous étaient vides, raconte-t-il, sauf un où dormait profondément un fonctionnaire. Le chef de cabinet voulut le réveiller, Clemenceau l'en empêcha en lui disant : « Laissez-le, si vous le réveillez, il va partir. »

Il brocardait volontiers les « polytechniciens qui savent tout, mais rien d'autre ». Il n'épargnait pas l'armée : « La guerre, c'est une chose trop grave pour la confier à des militaires », après avoir dit, lors de l'affaire Dreyfus, que la justice militaire est « à la justice ce que la musique militaire est à la musique ».

Toujours aussi peu respectueux des convenances, il assurait aussi que pour être ambassadeur, « il ne suffit pas d'être con, il faut aussi être poli ».

Autre cible dans sa ligne de mire : la vénérable Académie française : « Donnez-moi quarante trous du cul et je vous fais une Académie française. » Pourtant, il y fut élu le 21 novembre 1918, mais il est vrai qu'il n'y siégea jamais.

Comment réagirait-on de nos jours si un Premier ministre se laissait aller à dire de son chef de cabinet comme Clemenceau vis-à-vis du sien, Georges Mandel : « C'est bien pratique, quand je pète c'est lui qui pue » ?

Ou s'écriait indifféremment : « L'honneur, c'est comme la virginité, ça ne sert qu'une fois » ; « Il n'y a pas de vieux messieurs, il n'y a que des femmes maladroites » ; « La démocratie, c'est le pouvoir pour les poux de manger les lions »... Le tollé serait général.

Au soir de sa vie, Clemenceau, preuve qu'il lui arrivait aussi, bien que rarement, de rire de lui, se définira auprès de son biographe comme un « mélange d'anarchiste et de conservateur dans des proportions à déterminer[1] ».

*

Clemenceau n'a pas été le seul parlementaire à se signaler par une ironie décapante. Jaurès n'en était pas dépourvu lui non plus, qui disait d'Aristide Briand : « Il est d'une ignorance encyclopédique. »

Léon Daudet (1867-1942) excellait dans ce registre. Monarchiste et nationaliste, député de Paris de 1919 à 1924, personnalité à juste titre controversée, il fut l'une des principales figures politiques de l'Action française. Il se définissait lui-même comme « un réactionnaire convaincu, un antidémocratique ». Envers ceux qui ne partageaient pas son engagement politique, il a fait preuve de bons mots plus fielleux les uns que les autres.

S'il reconnaissait à Clemenceau des talents d'orateur, disant de lui qu'il « était à la politique ce qu'un Claude Monet est au paysage : un assembleur de taches lumineuses, d'où se dégage un ensemble puissant,

1. Jean Martet, *Le Silence de M. Clemenceau*, Albin Michel, 1929.

mais indéfiniment répété », Daudet ajoutait, moins poétique : « C'est une tête de mort sculptée dans un calcul biliaire », jugeant Clemenceau à la tribune « appétissant comme une soupe aux choux, où tiendrait debout la cuillère de l'éloquence[1] ».

D'Alexandre Millerand, personnalité éminente de cette III$^{e}$ République et chef de l'État (de 1920 à 1924), Daudet a écrit : « Il regarde droit devant lui comme les obstinés. Il tient du bœuf dans le sillon[2]... »

Il traça lui aussi, après Jaurès, un portrait sans bienveillance d'Aristide Briand, six fois président du Conseil entre 1909 et 1929 : « Il tient du serpent et de l'anguille [...], possède un organe velouté, ombré, ravissant, de poitrinaire guéri, où passent des accords de violoncelle, à faire pâmer la dame du comptoir. Jointe à une ruse assez vulgaire – et donc à la portée du commun –, cette musique laryngée a fait le succès de Briand[3]. »

Et, naturellement, Daudet s'en prit à Léon Blum : « Ce socialiste pour salonnards a un physique qui tient de la chèvre et du lévrier. » L'antisémitisme inspirait hélas aussi les « humoristes » dans son genre.

*

L'humour politique, on le constate, n'est pas toujours synonyme de bienveillance. Mais pour faire rire, est-il possible de se montrer aimable ?

1. Léon Daudet, *La Chambre nationale du 16 novembre*, Nouvelle Librairie nationale, 1923, p. 17.

2. *Ibid.*, p. 38.

3. *Ibid.*, p. 50.

Souvent cette faculté cache des haines féroces, dissimule des inimitiés tenaces, maquille des rancœurs insolubles, travestit des rancunes et jalousies inexpiables. Elle est fréquemment la manifestation de rivalités implacables. Et quoi de plus satisfaisant alors que de faire rire aux dépens de celui que l'on cherche à déstabiliser pour mieux le combattre ?

La petite phrase bien ciselée, courte, facile à retenir, sarcastique sans être trop vulgaire, reprise par les médias, a un impact politique souvent plus fort qu'un long discours et peut devenir un slogan péjoratif bien difficile à faire oublier.

Le président Armand Fallières (1841-1931) fut surnommé le « Président de Loupillon » du nom de sa propriété en Lot-et-Garonne, dont il faisait parfois servir du vin à l'Élysée. Certains affirmaient qu'il en abusait volontiers, ainsi que sa femme. « Loupillon et Roupillon », c'est ainsi qu'ils étaient d'ailleurs familièrement appelés.

Arrivé au terme de son septennat, Armand Fallières accueillit, non sans une certaine ironie, son successeur Raymond Poincaré en lui indiquant : « La place n'est pas mauvaise, mais il n'y a pas d'avancement. »

Cet art du bon mot pour déstabiliser un adversaire est finalement, en politique, de toutes les époques. Souvent, c'est aussi un bon moyen de maquiller un « retournement de veste », de masquer une ambition ministérielle.

Pour fustiger l'opportunisme de Louis Barthou (1862-1934), président du Conseil en 1913, plusieurs fois ministre, Aristide Briand qualifiait sa pensée de « claire comme de l'eau de roche » mais en précisant qu'elle épousait « la forme de toutes les carafes ». Il est vrai que Barthou a su s'adapter aux évolutions politiques comme bien des notables de la IIIe République. Le voyant arriver de bonne humeur, Jaurès s'exclamait : « Aujourd'hui Barthou n'a trahi que son émotion. »

Léon Bérard (1876-1960), d'abord élu député puis sénateur des Basses-Pyrénées sous l'étiquette Gauche démocratique, ministre de l'Instruction publique de Clemenceau et plus tard de la Justice dans les gouvernements Laval, rallié à la droite au moment du Front populaire, justifiait ainsi ses évolutions idéologiques : « Le malheur, en France, est que pour être élu, il faut se séparer de la droite, et que pour gouverner, il faut se séparer de la gauche. » C'est dire la profondeur de ses convictions.

Ce type d'opportunisme se vérifie à toutes les époques et sous toutes les républiques. Pour certains, la vie politique s'assimile à un mouvement perpétuel.

*

Il était de notoriété publique que Paul Reynaud (1878-1966) et Georges Bidault (1899-1983) n'éprouvaient aucune sympathie l'un pour l'autre. Au début de la IVe République, ils se croisent à la buvette de l'Assemblée nationale et Bidault apostrophe Reynaud en lui demandant « si la route du fer était toujours coupée ». Il faisait ainsi référence à la séance du Sénat, le 16 avril 1940, où Paul Reynaud, président du Conseil, après l'envoi d'un corps expéditionnaire en Norvège pour empêcher les Allemands de s'approprier les mines de fer, avait déclaré avec un peu d'empressement, ce qui ne correspondait pas à l'exacte vérité : « La route du fer est définitivement coupée. »

Reynaud lui réplique alors qu'il ne le sait pas, mais constate « que celle du zinc », elle, ne l'est pas. Allusion perfide à la rumeur selon laquelle Bidault appréciait de façon parfois déraisonnable le champagne et autres alcools.

Sur le même registre, Bidault ayant dit de Robert Schuman (1886-1963) : « C'est un moteur à gaz pauvre », ce dernier lui rétorqua : « Que voulez-vous, tout le monde ne peut pas avoir un moteur à alcool ! »

*

Médecin de campagne, député de Corrèze, puis sénateur, de nombreuses fois ministre durant la III^e^ et la IV^e^ République, trois fois président du Conseil, Henri Queuille (1884-1970) illustre parfaitement la stabilité du personnel ministériel au sein de l'instabilité des gouvernements avant 1958.

Membre du Parti radical-socialiste, « le petit père Queuille », ou « le bon docteur Queuille » comme on le surnommait, a laissé quelques bons mots qui continuent de faire rire. Repris souvent, comme celui-ci : « Les promesses n'engagent que ceux qui les écoutent. » Selon lui, la politique n'avait pas pour objet « de résoudre les problèmes », mais « de faire taire ceux qui les posent[1] ».

---

1. Georgette Elgey, *Histoire de la IV^e^ République*, t. 1, Robert Laffont, coll. « Bouquins », 2018, p. 229.

Personnalité tout aussi incontournable, comme on dit, de la politique française de l'après-guerre, Edgar Faure (1908-1988), à plusieurs reprises ministre et deux fois président du Conseil sous la IVe République, doit à son agilité intellectuelle, son savoir-faire politique, d'avoir survécu au changement de régime institutionnel. Ministre lors des présidences de Vincent Auriol, du général de Gaulle puis de Georges Pompidou, président de l'Assemblée nationale de 1973 à 1978, il excellait dans l'art des formules ironiques et imprévisibles et prenait plaisir à faire rire ses divers auditoires.

C'était aussi une technique chez lui pour parer à toute critique. À l'un de ses contradicteurs, il lança un jour : « Voici que s'avance l'immobilisme et nous ne savons pas comment l'arrêter[1]. » À l'un de ses confrères dont les idées politiques n'étaient pas clairement définies et qui s'interrogeait sur son positionnement idéologique, il indiquait, secourable : « Si vous n'avez pas d'opinion politique, prenez donc les miennes. »

Dans son *Bloc-notes*, Mauriac a comparé Edgar Faure à un « myope qui s'empêtre dans ses combinaisons ». Mais peu lui importait et, à ceux qui lui faisaient remarquer combien sa carrière ministérielle était impressionnante, il répondait : « Je ne peux pas m'empêcher d'être ministre. »

Toujours avec cet humour devenu quasi légendaire, fruit de sa grande et lucide expérience de l'art de gouverner et d'un certain bon sens, Edgar Faure n'hésitait

1. La paternité de cette citation pourrait être attribuée à Henri Queuille.

pas à affirmer : « La réforme fiscale, c'est quand vous promettez de réduire les impôts sur les choses qui étaient taxées depuis longtemps et que vous en créez de nouveaux sur celles qui ne l'étaient pas encore. »

Issu du radicalisme, Edgar Faure a navigué avec un parfait opportunisme entre les formations politiques. Mais, au lieu de chercher à justifier ses transhumances successives, quand il était taxé de « girouette », il rétorquait, formule restée fameuse : « Ce n'est pas la girouette qui tourne, c'est le vent. »

Edgar Faure semble d'ailleurs avoir repris une légende de Georges Goursat (1863-1934) dit « Sem », dessinateur de presse qui a représenté Louis Barthou, ministre dans quinze gouvernements et président du Conseil un peu plus de huit mois en 1913, accroché à une girouette avec cette précision : « Ce n'est pas moi qui change, c'est le vent. »

L'art de « retourner sa veste », comme le remarquait Jacques Dutronc dans sa chanson précisément intitulée *L'Opportuniste*, est une constante politique avant et après Edgar Faure. Rien n'a beaucoup changé dans ce monde-là.

*Je n'ai pas peur des profiteurs*
*Ni même des agitateurs*
*J'fais confiance aux électeurs*
*Et j'en profite pour faire mon beurre*
*Il y en a qui contestent*
*Qui revendiquent et qui protestent*
*Moi je ne fais qu'un seul geste*
*Je retourne ma veste,*
*Toujours du bon côté...*

*

Charles Pasqua (1927-2015), ancien résistant, membre des mouvements gaullistes depuis 1947, apparaît vraiment sur le devant de la scène politique, après une longue carrière d'apparatchik, comme ministre de l'Intérieur dans les gouvernements de cohabitation de Jacques Chirac et d'Édouard Balladur. Il fut aussi député puis sénateur des Hauts-de-Seine.

Une personnalité bien difficile à cerner. Derrière une apparence gouailleuse, un accent méridional prononcé, une physionomie à la Fernandel, se cachait un homme de réseaux, avec le secret comme règle de conduite et la guerre comme feuille de route. Faussement chaleureux et d'une ironie sans complaisance, il savait faire rire autant qu'il suscitait la défiance ou la crainte.

Il a raconté avoir eu des entretiens secrets avec François Mitterrand entre 1991 et 1993. Conciliabules qui se tenaient dans les Yvelines à Louveciennes, dans une propriété appartenant au groupe pétrolier Elf et occupée par un proche de Mitterrand. Au cours de leurs rencontres, ce dernier, selon Pasqua, « disait tout le mal qu'il pensait de ses amis[1] » et d'ajouter : « moi des miens. Et nous étions d'accord[2] ». Sur ce point on peut faire confiance à Pasqua, son jugement sur ses pairs savait être drôle mais sans indulgence.

Son commentaire sur Mitterrand malade était d'une cruauté consommée : « Il garde l'État comme d'autres

1. *Le Monde*, 20 février 2001.
2. France 2, 8 mars 2015.

gardent la chambre. » Quant à Édouard Balladur, avant de faire partie de son gouvernement, il le qualifia de « Tonton macoute[1] ».

Vis-à-vis de Michèle Alliot-Marie, qui fut sa collègue au gouvernement, il tint ce propos peu charitable : « Elle ne fait rien mais elle le fait avec ténacité. » Idem pour François Bayrou : « Il est le seul homme politique à m'avoir assuré que la Sainte Vierge lui était apparue et lui avait prédit qu'il serait président de la République[2]. »

Envers Jacques Chirac, dont il partagea le chemin politique, avant de prendre une direction différente et rejoindre officiellement Balladur en 1995, il exprimait une amertume sans humour teintée d'un peu de fiel : « C'était un homme à qui rien ne paraissait impossible, un tempérament incroyable. Quel dommage qu'il ait toujours été si influençable… »

Les ministres, selon Pasqua, devaient « montrer qu'ils en ont… » Non sans nuancer avec un sourire tout de suite après : « Je parle des nerfs bien entendu[3]. »

On lui a attribué cette autre formule, bien dans son style : « À l'Assemblée, on tue avec le poignard. Au Sénat, on empoisonne avec le sourire. » Il avait siégé dans les deux.

*

Lorsqu'on évoque Charles Pasqua, un nom revient aussitôt en mémoire, celui de « Bob » comme on

1. Le surnom des miliciens du dictateur haïtien Duvalier.
2. *Le Parisien,* 16 février 2007.
3. En 1991.

surnommait Robert Pandraud (1928-2010). Ministre délégué à la Sécurité quand Charles Pasqua était ministre de l'Intérieur (1986-1988), on qualifiait alors leur couple politique de « Starsky et Hutch » ou de « Smith et Wesson ». « Nos pensées et même nos arrière-pensées se rejoignent », reconnaissait Pandraud.

Un esprit fin dans un corps lourd, personnalité indéchiffrable, tirant en permanence sur une pipe, empestant le tabac froid, Robert Pandraud, ancien directeur de la Police nationale, fut député de Seine-Saint-Denis (1988-2007). Lors d'une réunion du groupe RPR en 1994, salle Colbert au Palais Bourbon, alors que les premiers stigmates de la rupture entre Chirac et Balladur se faisaient sentir, il répondit à un député qualifiant de « bordel » la situation de la majorité : « Ce n'est pas le bordel. Rien de comparable : dans un vrai bordel, tout est organisé, fonctionne bien. Et le client est satisfait. » Ce qui n'était manifestement pas le cas dans la majorité.

Un député faisant allusion à sa supposée appartenance à la franc-maçonnerie, Pandraud de lui préciser, dans son langage, « n'avoir jamais été dragué ni par les francs-maçons ni par un pédé[1]... » Nous l'avons souvent entendu s'exclamer : « Ce n'est pas le bon sens qui est la chose au monde la mieux partagée, c'est la connerie. » Lors d'un débat particulièrement embrouillé dans l'hémicycle, il eut cette remarque que l'on retrouve dans le compte rendu du *Journal officiel* : « On ne sodomise pas les muscidés », c'est-à-dire les mouches. La formule avait fait sourire. Une

1. *Le Monde*, 5 mars 1987.

autre époque. Dans le même style, j'ai entendu, lors d'une réunion de parlementaires, Chirac reprocher à ceux qui aimaient compliquer les situations qu'ils « faisaient du mal aux mouches ».

*

Dans cette galerie d'hommes politiques, Philippe Séguin (1943-2010) a toute sa place. Ministre, président de l'Assemblée nationale, figure forte et singulière de la V$^{e}$ République et du mouvement gaulliste, Séguin était aussi attachant qu'imprévisible, d'une grande intelligence, souvent gâchée par un caractère éruptif et insupportable.

Séguin savait faire rire et son humour pouvait être redoutable. Il estimait non sans raison qu'en politique « il ne suffit pas d'avoir de l'appétit, il faut aussi avoir de l'estomac[1] », brocardant ceux qui « une fois de plus, ont choisi de faire cuire leur petite soupe dans leur petit coin ».

En 1990, il résumait ainsi la situation politique : « En 1974, les Français voulaient un jeune : ils ont eu Giscard. En 1995, ils voudront un vieux : ils auront Giscard. »

Concernant la fonction de ministre de l'Intérieur, le socialiste Daniel Vaillant occupant cette fonction, Philippe Séguin déclarait que : « Le métier de ministre de l'Intérieur ce n'est pas d'interpeller la société, c'est d'interpeller les délinquants[2]. »

1. *Le Nouvel Observateur*, 7 septembre 1989.
2. *Libération*, 8 mars 2001.

*

Nombre de personnalités qui gravitaient autour de François Mitterrand à l'Élysée étaient qualifiées de représentants de la « gauche caviar ». Expression naturellement aussi ironique que méprisante envers celles et ceux qui, tout en se référant au socialisme, manifestaient un goût prononcé pour les mondanités et les situations acquises.

C'était une adaptation moderne du slogan des adversaires des élus radicaux, souvent cléricaux, qui, sous la IIIe République, les comparaient à des radis : « Roses à l'extérieur, blancs à l'intérieur, et près du beurre. » Par cette métaphore, ils dénigraient le Parti radical, politiquement à gauche (« roses »), économiquement à droite (« blancs »), et presque toujours au gouvernement (le « bon beurre ministériel »)[1].

L'hebdomadaire, orienté très à droite, *Le Crapouillot*, dans une parution d'octobre 1982 intitulée « L'argent à gauche », montrait ainsi un couple, le poing levé, posant devant une Rolls-Royce immatriculée « 1982 PS ». L'homme fumait un cigare et portait un élégant costume-cravate. À l'arrière-plan, on apercevait un château.

À l'Assemblée nationale, l'expression « gauche caviar » surgit dès 1981 dans les passes d'armes entre les socialistes et l'opposition. « La gauche caviar, cela existe et ceux qui apprennent à jouer *L'Internationale* sur un piano à queue aussi », lança un député UDF[2].

1. *L'Assiette au beurre*, 12 novembre 1904.
2. *Le Monde*, 5 février 1982.

Examinant le budget du ministère de la Culture, en 1991, les députés de l'opposition ne perdirent pas l'occasion de dénoncer chez Jack Lang un ministre « qui, outre son style gauche caviar, pèche par un excès de politique médiatique et une dérive monarchique[1] ».

Bernard Kouchner, plusieurs fois secrétaire d'État et ministre dans les gouvernements de Pierre Bérégovoy et Lionel Jospin, puis de 2007 à 2010 chargé des Affaires étrangères et européennes auprès de François Fillon, sous la présidence Sarkozy, passant ainsi de la gauche à la droite pour nombre de ses opposants, était lui aussi considéré comme un prototype de la gauche mondaine.

Son apparition télévisée en 1992 sur une plage de Somalie, un sac de riz à l'épaule, déchaîna malgré lui l'hilarité de ses détracteurs. On sait aujourd'hui que tout avait été préparé et la scène filmée comme au cinéma, afin que l'image soit bonne et passe bien à l'écran. Rien de spontané, de la propagande indécente qui ridiculisa le malheureux ministre. Tout le monde se moqua de cette comédie médiatique. Bernard Kouchner se vit alors brocardé par Xavier Emmanuelli (secrétaire d'État auprès du Premier ministre, chargé de l'Action humanitaire d'urgence de 1995 à 1997) qui le qualifia de « un tiers-mondiste, deux tiers mondain ».

Kouchner a fait bien rire, sans vraiment chercher là non plus à être drôle, lorsqu'il déclara en 2003

1. Hervé de Charette, *Le Monde*, 31 octobre 1991.

avec conviction à propos du conflit irakien : « Il doit bien rester un angle de tir pour la paix. »

*

Lorsqu'on évoque Ségolène Royal, éternelle candidate à la présidence de la République, il convient de se tourner vers Jean-Pierre Raffarin, Premier ministre de 2002 à 2005, pour cerner sa véritable personnalité. Il l'a beaucoup subie dans la région Poitou-Charentes. Fort de cette proximité, en 2006, il en tira la conclusion suivante : « Ségolène, elle séduit au loin et irrite au près. »

Au Parti socialiste, Ségolène Royal n'avait pas que des amis.

Ainsi d'Henri Emmanuelli (1945-2017), avec sa voix rocailleuse qui portait dans l'hémicycle lorsqu'il interrompait un orateur. Turbulent député des Landes, inépuisable contestataire, il fut un premier secrétaire souvent aussi drôle que de mauvaise foi. Emmanuelli eut ce bon mot après la réunion tenue par Ségolène Royal au Zénith le 28 septembre 2008, disant qu'elle « se situait entre le show-business et le rassemblement de secte ».

Martine Aubry, elle non plus, ne semblait pas porter dans son cœur sa camarade Ségolène. Elle « aura la place qu'elle souhaite dans le PS, même si la plupart sont déjà occupées », assurait-elle en 2009. Aimable discours de bienvenue !

Ségolène Royal, de son côté, ne s'est jamais montrée très avenante avec certains de ses camarades socialistes comme à l'égard de ses adversaires, ne reculant devant aucune formule agressive et mordante. En 2016, à six mois de l'élection présidentielle, elle n'est pas tendre à l'égard de son concurrent François Bayrou, indiquant que celui-ci lui a « fait l'impression de l'amant qui craint la panne ». Elle le montrait « assis entre deux chaises », ajoutant : « Je ne sais pas si vous avez essayé de rester assis entre deux chaises, ce n'est pas très confortable[1]. »

Le 12 septembre 2011 à Villeurbanne, dans le cadre de la primaire socialiste en vue de l'élection présidentielle de 2012, évoquant « les affaires », elle asséna sans rire, mais en faisant rire : « Il y aura du ménage à faire. Et ce n'est pas plus mal que ce soit une femme qui soit élue pour faire le ménage. » « Un bon coup de balai, et hop ! » Geste à l'appui !

Hélas pour elle, ses bonnes intentions ne furent pas récompensées. Elle n'est arrivée qu'en quatrième position, ne totalisant que 6,95 % des suffrages exprimés, loin derrière François Hollande. Décidément, le ménage, dans tous les sens du mot, ne paye pas en politique.

Ministre de l'Environnement lors du quinquennat de François Hollande, elle déclara le 5 janvier 2015 dans *Le Figaro*, à propos des bus électriques : « Il faut pousser les bus propres ». Vaste programme !

Elle avait sans doute raison de dire à ses camarades : « C'est à nous, socialistes du XXIe siècle, d'affronter les questions nouvelles. La vraie fidélité n'est

---

1. Premier tour de la présidentielle, 22 avril 2007 : S. Royal : 25,87 % des suffrages exprimés, F. Bayrou : 18,57 %.

pas la répétition[1]. » De toute façon, comme elle le reconnaît elle-même, même quand elle ne dit rien, « cela fait du bruit[2] ». Mais alors, quand elle parle !

*

Marie-George Buffet, ministre de la Jeunesse et des Sports du gouvernement Jospin (1997-2002), candidate à l'élection présidentielle de 2007, députée de Seine-Saint-Denis, secrétaire nationale du Parti communiste français (2001-2010), a fait part un jour de 2004 de sa vision de la place des communistes au sein de la gauche : « L'extrême gauche est stérile, le PS est un peu mou ; nous sommes entre les deux. » Hélas, elle n'a pas précisé si c'était une situation convenable, durable et prometteuse politiquement ou s'il s'agissait d'une forme d'humour communiste.

*

L'alliance entre la Ligue communiste révolutionnaire dirigée par le facteur Olivier Besancenot et Lutte ouvrière d'Arlette Laguiller fut qualifiée d'« union d'un postier et d'une timbrée » par Dominique Strauss-Kahn. À l'époque, en 2004, il n'avait pas encore défrayé la chronique par ses exploits autres que politiques ni montré toute l'étendue de ses compétences. Toutefois, le sénateur gaulliste du Morbihan

1. *Le Monde*, 7 décembre 2006.
2. *L'Express en ligne*, 2 octobre 2006.

Josselin de Rohan nous avait avertis dès 1999 : « La modestie est à DSK ce que la chasteté est à Madonna. »

*

Fin observateur politique, Xavier Bertrand, alors ministre du Travail, résuma, en 2008, la situation de l'opposition avec une grande pertinence : « Le Parti socialiste est un parti sans leader. François Bayrou est un leader sans parti. Ils sont faits pour fusionner. »

*

L'un des propagateurs de ces phrases souvent aussi drôles qu'impertinentes fut et demeure André Santini, député et maire d'Issy-les-Moulineaux.

On doit à cet amateur de bonne chère et de cigares cubains la création à l'Assemblée, en 1989, du Club des parlementaires amateurs de Havane, qui rassemble des élus de toutes tendances, aussi bien députés que sénateurs, et certains journalistes. Le cigare peut être nuisible à la santé, mais il apparaît comme un bon moyen de « cohabitation politique ».

Personne ne sait aujourd'hui que Santini fut plusieurs fois ministre et encore moins de quoi. En revanche, on se souvient de ses saillies qui lui ont valu d'être gratifié du prix de l'humour politique. Humour qui repose sur une alliance savoureuse entre drôlerie et méchanceté.

En 1988, en réponse au cardinal Decourtray qui dénonçait une campagne publicitaire préconisant l'utilisation du préservatif pour lutter contre la propagation du sida, André Santini estima que le primat des Gaules n'avait « rien compris au préservatif. La preuve, il le met à l'index ».

À la suite des revers électoraux de la droite dont il faisait partie, il s'écria : « La droite a touché le fond de la piscine ; maintenant, elle creuse[1]. » Au micro de RMC, Santini confirmait que la droite « est dans la situation des sables mouvants. Plus on gigote, plus on s'enfonce ».

À propos du gouvernement d'Alain Juppé : « Avant, [il] allait dans le mur, maintenant il klaxonne. » Et de constater après l'échec de la dissolution : « Le Premier ministre souhaite un gouvernement ramassé ; il a parfaitement réussi[2]. »

À la manière de Clemenceau, Santini égratignait à tout va. « La seule chose qui décolle chez Bayrou, ce sont ses oreilles[3] », proclamait-il. Mais son humour sarcastique et truculent ne se concentrait pas uniquement sur ses amis de droite. Il visait aussi bien des personnalités de gauche.

Ainsi sur l'incontournable Jack Lang, cet « homme changeant, suivant qu'il est ou non avec François Mitterrand. Avec, il pérore ; sans, il brait. Bref, il passe sa vie à sauter du coq à l'âne[4] ». Il louait « l'agilité de manchot » de Michel Rocard[5]. Et concernant

1. Cité dans *Libération*, 2 mai 1998.
2. André Santini, *Mieux vaut en rire*, Albin Michel, 1995.
3. André Santini, *Bestiaire politique. Le Carnaval des animaux*, Plon, 2002, p. 54.
4. André Santini, *Mieux vaut en rire, op. cit.*, p. 82.
5. *Ibid.*, p. 81.

Ségolène Royal, il brossait ce portrait d'une juste acidité : « Les griffes acérées, [elle] ne plaide pas sa cause, elle mord… »

Pour certains députés, c'était la promesse de passer un bon moment, lors des questions au gouvernement, que de siéger non loin d'André Santini. Entendre ses commentaires était souvent irrésistible. Après un discours d'Édith Cresson, Premier ministre, il murmura : « Elle va plonger dans les sondages à un point tel qu'elle va finir par trouver du pétrole. »

L'ancien Premier ministre Raymond Barre, devenu député, avait tendance dans l'hémicycle à se tourner les pouces avant de s'assoupir. Un jour, Santini chuchota à ses voisins : « Regardez-le, il fait son jogging. »

S'agissant des Français, il leur attribuait la « finesse d'un marchand de bestiaux palpant une génisse[1] ». Comprenne qui voudra, mais l'image prête à rire. Au-delà d'une simple généralité, il voulait parler, je suppose, de ses collègues politiques en particulier.

*

Avant la République, la monarchie n'avait pas été avare de ces échanges fielleux et malveillants entre princes du régime.

Talleyrand ne disait-il pas à propos de Fouché : « Un ministre de la Police est un homme qui se mêle de ce qui le regarde, et ensuite de ce qui ne le regarde pas » ? Il assurait même : « Fouché fait un sale métier, mais il le fait salement. »

1. *Ibid.*, p. 92.

Chateaubriand, qui ne l'appréciait guère, affirmait pour sa part : « Quand M. de Talleyrand ne conspire pas, il trafique[1]. »

On doit aussi à Talleyrand cette définition ironique et imagée, valable à toutes les époques, de la politique : « C'est un étang où les brochets font courir les carpes. »

Napoléon, informé des agissements contre lui de Talleyrand, lui aurait dit lors d'un conseil des ministres qui se tint au château des Tuileries le 28 janvier 1809 : « Vous êtes un voleur, un lâche, un homme sans foi. Vous ne croyez pas à Dieu ; vous avez toute votre vie manqué à tous vos devoirs, vous avez trompé, trahi tout le monde. [...] Tenez, monsieur, vous n'êtes que de la merde dans un bas de soie[2]. » Voilà une époque où on savait se parler aimablement – et en connaissance de cause !

1. François-René de Chateaubriand, *Mémoires d'outre-tombe*, 1848.

2. *Mémoires et Correspondances du prince de Talleyrand*, posthume, 1891.

# 3

# Le rire, une arme qui désarme

Comme dans les duels d'autrefois, où l'auteur du premier sang versé l'emporte sur son adversaire, faire rire en politique donne un avantage sur ses concurrents. C'est une bonne façon de les déstabiliser en les plaçant dans une position défensive. L'humour permet aussi d'éluder une question délicate, d'éviter de dévoiler ses ambitions ou intentions. C'est parfois le meilleur moyen de se défausser face à une interpellation embarrassante à laquelle on ne veut ou ne peut répondre. À condition d'avoir le talent nécessaire et la répartie facile.

*

Je me souviens, lors de la traditionnelle et annuelle réunion des ambassadeurs de France au Quai d'Orsay, à laquelle j'assistais en 2003 en tant que président de l'Assemblée nationale, de la pirouette ironique de Renaud Muselier, alors secrétaire d'État aux Affaires étrangères, pour éviter de répondre à une question délicate.

Après l'exposé très complet de Dominique de Villepin sur son action de ministre des Affaires étrangères, où l'on a compris qu'il faisait tout, se voulant le seul patron de la conduite de la politique étrangère de la France, la ministre déléguée aux Affaires européennes, Noëlle Lenoir, venait d'indiquer que la politique européenne était de sa seule responsabilité. Ce qui à l'évidence avait agacé fortement son ministre de tutelle. Quel pouvait être alors le rôle de Muselier ? Avec curiosité, nous attendions tous ses explications.

Au lieu de s'embarquer dans un exposé qui aurait eu comme conséquence d'énerver un peu plus un Villepin déjà électrique, Muselier eut recours à l'humour, dont il n'est pas dépourvu, avec cette formule d'une habileté très diplomatique : « Le ministre fait tout, je fais le reste. »

Naturellement les ambassadeurs présents éclatèrent de rire. Villepin, d'abord surpris par cette réplique, fut contraint d'en sourire. Par cette pirouette, Muselier avait marqué sa présence et d'une certaine manière gagné la partie.

*

L'humour permet aussi d'évacuer certaines questions délicates et de s'épargner de longues réponses difficiles. Alain Juppé s'en servit un jour pour déclarer : « En politique on n'est jamais fini. Regardez-moi[1] ! » Par une telle réponse, il amusa ses auditeurs et évita

1. *Libération*, 18 novembre 2013.

de devoir évoquer de nouveau son passé politique[1] et judiciaire. L'ironie, pourtant, n'est pas un domaine où Juppé excelle. Son intelligence et son sens de l'État ont toujours paru incompatibles avec l'humour, qui n'est pas son réflexe naturel. À tort probablement. Mais on ne se refait pas.

*

Si le rire peut suffire à désarmer un contradicteur, attention à la contre-attaque, surtout lorsqu'elle est marquée au sceau de l'humour. L'emploi de l'ironie n'est pas sans risque, qui peut se retourner contre son auteur.

Lors d'une élection législative dans l'Hérault, Édouard Barthe[2] (1882-1949) se vit reprocher par un de ses rivaux de n'être qu'un pharmacien de deuxième classe. Il lui répondit : « C'est vrai ! Je suis seulement un pharmacien de deuxième classe, mais vous, vous êtes un con de première. » Sa réplique lui valut tous les suffrages.

Lors d'une réunion publique à Toulouse, Raymond Barre, candidat à l'élection présidentielle de 1988, conclut ainsi son intervention, ciblant Mitterrand : « Il y a deux manières d'amuser un peuple : l'inonder de promesses trompeuses – cela a été fait en 1981 –, l'assoupir en le faisant rêver, c'est ce que l'on tente

1. Pour prise illégale d'intérêts, il avait été en appel condamné à quatorze mois de prison avec sursis et à une peine d'un an d'inéligibilité dans le cadre de l'affaire des emplois fictifs de la mairie de Paris.

2. Édouard Jean Barthe, député (1910-1942). Puis sénateur de l'Hérault de 1948 jusqu'à sa mort en 1949.

aujourd'hui. » Et il termina sa charge sur un ton patelin : « Bonne nuit les petits. Faites de beaux rêves. Tonton veille sur vous[1]. »

Succès assuré, les douze mille participants enchantés applaudirent longuement. Les journalistes qui suivaient Barre dans sa campagne électorale avaient de quoi égayer leurs comptes rendus.

Dans le camp mitterrandien, une force d'intervention rapide se mit en mouvement sans tarder pour ne pas laisser sans réponse ce « tonton » qui « veille sur vous… » La contre-attaque devait se situer sur le même registre, être drôle sans être trop agressive.

Deux jours plus tard à Metz, Lionel Jospin, forçant sa nature, s'essaya lui aussi à l'humour. Il riposta à Barre sur un ton faussement bon enfant devant une foule de supporters qui apprécia la réplique : « Je reconnais qu'en matière d'assouplissement, et mes collègues députés savent de quoi je parle, M. Barre est effectivement un spécialiste. C'est vrai, et c'est bien son droit, qu'on lui a vu faire à l'Assemblée des siestes glorieuses, des siestes béates, des repos réparateurs après des déjeuners superbes… » Et Jospin de comparer la sieste de Barre à celle de Mitterrand qui « nous a rappelé lui-même qu'il était comme le chat et que, quand il dormait, ce qui lui arrive aussi… il ne dormait que d'un œil[2] ».

L'obsession de certains dirigeants politiques haut perchés à « faire peuple » déclenche parfois des ricanements désobligeants à leur égard. Ainsi le 25 mars

1. Raymond Barre, 8 mars 1988, Toulouse.
2. Lionel Jospin, réunion publique, Metz, 10 mars 1988, Antenne 2.

1995, en pleine campagne présidentielle, du Premier ministre Édouard Balladur qui cherchait à se débarrasser de son image de pontife condescendant, loin des réalités. Lors d'un déplacement dans les Bouches-du-Rhône, son hélicoptère, ne pouvant se poser à l'endroit prévu du fait du brouillard, dut abandonner son auguste occupant au bord de la route. La voiture qui devait le récupérer étant tombée en panne, voici, relate la presse, Édouard Balladur pris en stop par une habitante du village. Laquelle, après avoir déposé sa famille, est venue à son secours et a chargé son illustre passager à bord de sa Mercedes.

Peu après, Balladur tint à préciser aux journalistes que ce n'était pas la première fois qu'il faisait ainsi du stop. « Il faut toujours savoir prendre des risques », conclut-il ravi, satisfait de montrer un aspect de sa personnalité que l'on ne soupçonnait pas. Et la conductrice ne fut pas avare de compliments sur la simplicité, la qualité d'écoute du Premier ministre.

Mais par la suite, on apprit que celle-ci n'était pas une simple anonyme passée par là par hasard, mais la cousine de l'un de ses collaborateurs qui, prévenue du problème, avait été sollicitée pour porter aide et assistance à Balladur. Et le Premier ministre qui avait feint de ne rien savoir devint la cible d'une risée générale. Son histoire n'eut pas les effets escomptés sur l'opinion que les Français avaient de lui. Au contraire, il leur apparut encore plus caricatural et ridicule qu'à son habitude.

# 4

# L'art risqué de la langue de bois

La langue de bois peut prêter à rire si on en abuse. L'utilisation répétée de formules toutes faites qui ne veulent rien dire risque d'apparaître tellement systématique et caractérisée qu'il est parfois difficile de ne pas s'en amuser.

Cette technique de l'esquive par la langue de bois apparaît bien souvent comme le moyen d'échapper à une interpellation embarrassante, une façon de ne pas prendre parti, de faire illusion et de brouiller les pistes pour obtenir les suffrages du plus grand nombre.

Jacques Chirac reconnaissait que la langue de bois était l'une de ses spécialités[1]. Si lui ne s'en cachait pas, d'autres l'ont pratiquée sans l'admettre aussi ouvertement.

« Moi, je voudrais un gouvernement qui parle vrai », affirma un jour Nicolas Sarkozy à la télévision[2]. Mais quel dirigeant politique de droite, de

1. TF1, 21 janvier 1987.
2. « L'heure de vérité », Antenne 2, 26 janvier 1992.

gauche ou d'ailleurs s'est risqué un jour à souhaiter un gouvernement qui mentirait aux Français ?

« Dire la vérité aux Français » est devenu un des slogans politiques les plus éculés. D'autant plus risible que personne ne pourrait affirmer le contraire. Michel Rocard en avait même fait le titre d'un livre, *Parler vrai*[1].

En réalité, il ne s'agit pas de dire la vérité mais de donner l'impression que l'on parle comme « la France d'en bas », pour reprendre la formule de Jean-Pierre Raffarin, empruntée à Balzac, et apparaître ainsi comme le défenseur du peuple contre les élites parisiennes.

« Je voudrais regarder la France au fond des yeux », a même proclamé avec emphase Giscard depuis sa mairie de Chamalières[2]. Belle formule, le mérite de Giscard est de l'avoir trouvée pour annoncer sa candidature. Mais imagine-t-on un candidat qui préférerait détourner le regard au moment de solliciter la confiance du peuple ? Qu'est-ce que cela veut vraiment dire ? Personne ne le sait. Mais peu importe, c'est la force des belles phrases, la puissance des mots, l'importance de l'image en politique.

Des formules comme « La France est la France », « Regardons l'avenir en face », « Les Français sont ainsi », « Tournons-nous résolument vers l'avenir »... abondent dans les discours électoraux. Elles donnent envie d'applaudir. Personne ne peut contredire de si belles et nobles affirmations. Elles font consensus,

1. Michel Rocard, *Parler vrai*, Le Seuil, 1979.
2. Le 8 avril 1974.

sont rassembleuses. Qui oserait clamer par exemple que « La France n'est pas la France » ? Et qu'il convient de « ne pas regarder vers le futur » ?

À trop vouloir utiliser la langue de bois, on finit par commettre quelques lapsus ou platitudes, comme on se prend les pieds dans le tapis, et par faire rire malgré soi.

Comment ne pas être du même avis que Raymond Barre énonçant avec une certitude toute professorale : « Quand le moment est venu, l'heure est arrivée[1] » ? Et ne pas applaudir à cette trouvaille formulée en 1988 par Jacques Toubon, futur ministre de Jacques Chirac, si pertinente quand on y réfléchit : « Même en avion, nous serons dans le même bateau. »

L'ancien Premier ministre Pierre Mauroy s'est révélé, à son tour, d'une grande perspicacité pour expliquer son orientation politique le jour où il fit remarquer : « La droite et la gauche, ce n'est pas la même chose. »

Les meilleurs spécialistes de la langue de bois restent les communistes. Georges Marchais était orfèvre en la matière, capable d'asséner avec le sérieux qui le caractérisait : « Il faut toujours décoller pour prendre de l'altitude[2]. »

Magnifiques aussi, ces formules balladuriennes : « Toute politique de réforme a pour ambition de construire un avenir autre que le présent[3] » ; « Lutter contre l'exclusion, c'est lutter contre les exclusions[4]. »

1. Raymond Barre, « L'Heure de vérité », Antenne 2, 7 janvier 1987.
2. Georges Marchais, TF1, 23 mars 1992.
3. Édouard Balladur, *Dictionnaire de la réforme*, Fayard, 1992.
4. Édouard Balladur, *Le Monde*, 25-26 septembre 1994.

Jean-Pierre Raffarin fait partie de ceux qui ont montré un grand talent dans ce domaine : « Notre route est droite, mais la pente est forte » ; « La crise du développement, c'est le développement de la crise. » On ne peut qu'apprécier un tel bon sens, même s'il est arrivé à l'ancien Premier ministre d'être plus abscons : « L'audace réformatrice est une question de destinée. » Comprenne qui voudra.

Soucieux de prouver l'importance de son action, Jean-Pierre Raffarin constatait avec une légitime satisfaction : « Nous avons débloqué un certain nombre d'impasses dans lesquelles les Français étaient encerclés. » Et pour mieux galvaniser les Français, il se fit l'inventeur d'un proverbe, naturellement laborieux : « Ce n'est pas en baissant les bras qu'on remobilise l'énergie. » Grand admirateur de la Chine, il se présentait comme « l'éclaireur sémantique de Chirac[1] ». Il lui arrivait aussi d'avouer : « Je n'aime pas beaucoup ne pas être dans le logiciel central de moi-même ! » Raffarin avait au moins le mérite de la franchise, fût-elle comique. Mais le ridicule ne tue pas en politique.

*

Ces paroles obscures, ces formules qui veulent tout dire ou ne rien dire, on les retrouve dans certaines professions de foi de candidats aux élections législatives. Ce sont des pépites de drôlerie, mais bien

1. Jean-Pierre Raffarin, déclaration de politique générale à l'Assemblée nationale le 3 juillet 2002, *Journal officiel* du 4 juillet 2002.

évidemment elles n'ont pas été imaginées à la fin de faire rire.

Heureusement pour les historiens, Désiré Barodet (1823-1906), représentant du peuple à l'Assemblée nationale de 1873 à 1876, député de la Seine de 1876 à 1896 puis sénateur jusqu'en 1900, a déposé en 1881 une proposition de résolution, en vue de préserver les programmes électoraux des députés. Adoptée le 7 février 1882, elle permet de retrouver les engagements des élus dans des registres imprimés par le *Journal officiel*. Le « Barodet », comme on appelle ce recueil, conserve la trace des passions électorales et fournit des exemples irrésistibles de langue de bois sur fond de promesses électorales parfois hasardeuses.

Ainsi y voit-on un député prendre cet engagement assez cocasse : « [...] si je suis élu, de ne jamais rien vous promettre que je ne puisse tenir. Ces promesses je les tiendrai[1]. » Cet autre de proclamer : « Je ferai peut-être plus que j'ai promis ; en tout cas je ne ferai pas moins[2]. » Et celui-ci de renchérir : « Ne comptez pas sur moi pour promettre ce que je ne pourrai pas tenir, mais soyez sûrs que je tiendrai ce que j'ai promis[3]. »

1. Michel Habib-Deloncle, élections législatives de 1958, Paris 20e circonscription. Élu jusqu'en 1973, sous l'étiquette Union pour la nouvelle République.

2. Jacques Raphaël-Leygues, élections législatives de 1958, Lot-et-Garonne. Élu jusqu'en 1962 sous l'étiquette Union pour la nouvelle République.

3. Max Montagne, élections législatives de 1958, Jura. Élu député jusqu'en 1962 sous l'étiquette de l'Union pour la nouvelle République.

Tout l'art de la langue de bois en politique est de semer l'illusion ou de jeter de la poudre aux yeux. Mais comment pour être élu ne pas prendre d'engagement, quitte à promettre la lune ? La langue de bois a au moins le mérite de pouvoir tout promettre sans risquer d'être contredit.

Certains candidats ne lésinent pas sur les mots pour convaincre à tout prix de leur volonté d'agir avec l'efficacité requise : « Je ne prétends pas tout réussir, promettait ainsi Pascal Clément, mais je suis sûr qu'en prenant les problèmes à bras-le-corps, on peut beaucoup obtenir », ajoutait-il[1]. Le communiste André Lajoinie s'engageait à avoir « sa porte ouverte à tous[2] ». Et Roland Dumas affichait l'ambition « de développer ce qui est, de créer partout où cela sera possible sans altérer ce qui existe[3] »... Le socialiste René Dosière entendait « ne laisser personne au bord du chemin[4] ». Ce qui est la moindre des choses, mais encore fallait-il y penser.

Le « Barodet » est une source d'amusement inépuisable. Comment ne pas rire au serment de ce généreux candidat qui, en 1958, écrit dans sa profession de foi : « Je ne veux pas jouir de mon socialisme en égoïste, aussi je vous l'offre[5]. » Quelle générosité !

---

1. Pascal Clément, UDF, élections législatives de 1978.
2. André Lajoinie, élections législatives de 1981. Il a été élu de 1978 à 1993, puis de 1997 à 2002, 3e circonscription de l'Allier.
3. Roland Dumas, socialiste, élections législatives de juin 1988, Dordogne, 4e circonscription.
4. René Dosière, élections législatives de 1988, Aisne.
5. René Cassagne, élections législatives de 1958, 4e circonscription de Gironde. Il sera élu à l'Assemblée nationale jusqu'en 1968.

Pour d'autres, il importe de « n'être à la remorque d'aucune chapelle[1] ». De ne pas être « un homme politique au sens péjoratif du terme[2] » ! Ou de veiller à bien s'entourer en constituant « une équipe d'hommes les pieds sur terre[3] ».

D'autres jouent la carte d'une vraie-fausse franchise. « Certains d'entre vous imaginent peut-être que je tiens essentiellement à être député. Qu'ils se détrompent », n'hésite pas à déclarer le radical Maurice Faure, déjà député et qui postule à un nouveau mandat dans le Lot[4].

Au diable l'avarice électorale quand il s'agit d'être élu. « Je m'engage à soutenir toutes vos revendications, même celles que je ne connais pas, dans la rigueur comptable de mes instants », proclame un candidat socialiste[5]. D'autres manient avec une telle dextérité la langue de bois qu'ils en deviennent incompréhensibles : « Comme beaucoup l'ont fait dimanche dernier, ils doivent manifester leur réprobation et leur dégoût en m'apportant leurs suffrages[6]. »

Quand la langue de bois se fait un peu trop lyrique, elle n'en est que plus drôle. Ainsi de ce candidat qui

1. René La Combe, candidat gaulliste en Maine-et-Loire, élections législatives de 1978. Élu de 1958 à 1986 sous l'étiquette UNR, UDR, RPR.

2. Jean Coumaros, élections législatives de 1958, Moselle, 6e circonscription. Élu jusqu'en 1973 sous l'étiquette Union pour la nouvelle République.

3. Jean Laborde, élections législatives du 16 mars 1986, Gers.

4. Maurice Faure, élections législatives de 1958, 1re circonscription. Élu de 1951 à 1983, puis sénateur du Lot jusqu'en 1988.

5. Antoine Lacroix, élections législatives de 1958, Seine.

6. Paul Béchard, élections législatives de 1958, Gard. A été député de 1945 à 1967.

professe, la main sur le cœur, lors des élections constituantes de 1848 : « La nation sera ma famille et des lois équitables seront mes enfants. » En campagne pour les législatives en Haute-Garonne en 1967, Hippolyte Ducos file hardiment la métaphore, assurant que la démocratie est une « lumière pure où flambe tout ce que comporte de foncièrement bon la nature humaine, cet idéal est comme l'étoile qui guide sur la route du progrès ».

Saluons encore cette touchante profession de foi de François Léotard : « Prenons l'avenir à bras le cœur[1]. » Quand d'autres tiennent à préciser qu'ils vont prendre à bras le cœur « l'avenir de nos enfants[2] » !

Aujourd'hui les professions de foi sont rédigées par des états-majors et adressées aux candidats qui n'ont plus qu'à les recopier. Elles n'offrent en général qu'une enfilade de slogans identiques pour les candidats des mêmes partis. Ce qu'on y trouvait jadis d'involontairement original et désopilant a laissé place à la tiédeur insipide et soigneusement dosée d'une autre forme de langue de bois, qui s'appelle la communication, adaptation moderne de l'art inépuisable de ne rien dire.

---

1. François Léotard, élections législatives du 16 mars 1986, Var.
2. Philippe Legras, élections législatives du 5 juin 1988, Haute-Saône.

# 5

# L’humour comme moyen d’exister

Être capable de faire rire est aussi un gage de notoriété. Les bons mots, les traits d’esprit, les répliques ironiques, les remarques moqueuses sont autant de moyens d’acquérir une certaine reconnaissance et de laisser une trace, quand le reste d’une carrière présumée importante a tôt fait de sombrer dans l’indifférence et l’oubli.

Les premières années de la V$^{e}$ République ont été marquées par le développement de la télévision qui ne fit qu’amplifier la transformation de la vie politique et de ses acteurs.

Les débats télévisés sont devenus de plus en plus fréquents et la politique un spectacle où le sens de la répartie, la capacité d’amuser tiennent une place primordiale. Les conseillers en communication fleurissent auprès des dirigeants politiques les plus en vue. Les « communicants » préparent leurs clients comme les metteurs en scène dirigent le jeu des acteurs. Mais le talent n’est pas toujours équitablement réparti.

Il ne s’agit pas seulement de débiter son programme devant des salles de militants et de supporters, mais aussi de capter l'attention de téléspectateurs, qui ne sont pas tous des partisans, par de bons mots souvent préparés et plus rarement improvisés.

Le succès ne vient plus seulement des applaudissements d'électeurs rassemblés dans une salle ou sous un préau d'école comme jadis, mais de l'Audimat qui permet de jauger l'audience que l'émission a suscitée et de savoir si des téléspectateurs ont décroché ou zappé en la regardant.

Georges Marchais (1920-1997) savait se servir de la télévision avec un aplomb et une gouaille inimitables. Excellent comédien, il assurait le spectacle à lui tout seul, réduisant ses adversaires à un rôle de second plan et usant des journalistes comme de simples faire-valoir.

Marchais fut secrétaire général du Parti communiste français pendant vingt-deux ans de 1972 à 1994, député du Val-de-Marne de 1973 à 1997. Tour à tour hâbleur, colérique, comique, il se singularisait par ses réparties et ses mimiques qui lui valurent des succès d'audience exceptionnels lors de ses passages dans les grandes émissions politiques. Il obtint un record en 1979, à « Cartes sur table », avec 16 % d'audience contre 8 %, 10 % et 12 % respectivement à Jacques Chirac, François Mitterrand et Valéry Giscard d'Estaing.

Au journaliste Alain Duhamel qui l'interrompait, il répliqua : « On ne peut jamais aller au bout d'une démonstration. Vous n'êtes pas payé au nombre de questions que vous posez […] Voilà une feuille de papier, inscrivez votre question, j'y répondrai après. Quand vous avez posé une question, si ma réponse vous gêne, tant pis pour vous ! » Lorsque Duhamel lui fit remarquer : « Ce n'était pas ma question », Georges Marchais de lui rétorquer du tac au tac ainsi qu'à Jean-Pierre Elkabbach : « C'était p'têt pas vot'question, mais c'est ma réponse ! [...] Vous n'arrivez pas à vous mettre dans votre petite tête que moi aussi j'ai un cerveau. »

Il avait aussi lancé à la télévision cette phrase qui avait fait beaucoup rire à l'époque : « Ça s'est passé le 28 juillet [1977] ; j'étais en Corse avec ma femme, devant la télévision, et quand j'ai entendu François Mitterrand, c'était le journal de 13 heures, refuser de s'engager sur l'existence d'une défense nationale indépendante, j'ai dit à ma femme : Mitterrand a décidé d'abandonner le programme commun de la gauche. Fais les valises, on rentre à Paris. »

*

L'humour en politique est un moyen efficace pour « exister » auprès de l'opinion et se faire remarquer des médias, toujours friands de ce qu'ils appellent de « bons clients ».

Un appétit qui ne date pas d'aujourd'hui si l'on en croit cet « hymne des journalistes parlementaires » écrit en 1906 par Clovis Hugues (1851-1907), qui fut député de Marseille puis de Paris :

*Ô Parlementaires, nous sommes*
*Ceux qui, pour renseigner les hommes*
*Courbés au loin sur les labours*
*Viennent, qu'il vente, neige ou pleuve,*
*Sur la rive gauche du fleuve*
*Prêter l'oreille à vos discours...*

*Lorsque vous devenez lyriques,*
*Nous ponctuons nos rhétoriques*
*Avec vos points exclamatifs ;*
*Nos blés jaillissent de vos gerbes*
*Et c'est aux creusets de vos verbes*
*Que nous moulons nos adjectifs...*

*Sans vous crier miséricorde,*
*Nous rendons au pompeux exorde*
*Tous les honneurs qui lui sont dus ;*
*La péroraison tourbillonne*
*Du haut en bas de la colonne*
*À travers nos comptes rendus.*

*Votre geste, précis ou vague,*
*Projette une ombre qui zigzague*
*Sur la feuille où nous écrirons...*

La presse et les médias en général jouent un rôle sans cesse croissant en politique : être distingué par les journalistes parlementaires est indispensable pour faire carrière ou simplement éviter que les électeurs ne vous oublient trop rapidement. Les élections reviennent vite. L'influence de l'élu est souvent fonction de la notoriété locale, et à plus forte raison nationale, qu'il a su acquérir.

L'aptitude à faire rire concourt à cette renommée. Pouvoir se hisser sur le devant de la scène médiatique est important pour qui veut se construire un avenir politique. « Exister » pour un élu consiste d'abord à se faire repérer, être identifié, reconnu et rien de mieux que d'être « vu à la télé ».

*

Je me souviens de mon premier jour dans l'hémicycle, c'était le 2 avril 1986, pour la séance inaugurale de la nouvelle législature. Les députés étaient assis par ordre alphabétique. Nous étions trois Debré, mon père, mon frère Bernard et moi. J'avais d'un côté mon père, qui s'était placé entre ses deux fils, de l'autre Gaston Defferre, député-maire socialiste de Marseille. Ce vieux briscard de la politique surnommé « le masque Defferre » me donna les conseils suivants : « Tu poseras tes questions au gouvernement à l'automne, car les électeurs ruraux de ta circonscription ne sont pas devant leur télévision au printemps. Tu te mettras dans l'axe des caméras qui se trouvent dans les tribunes au-dessus des entrées dans l'hémicycle. Tu porteras une cravate de couleur, comme ça on te verra à la télévision, ce qui compte pour un député. »

Gaston Defferre avait bien raison, et plus le temps passe, plus la politique devient un métier du spectacle à part entière. Et dans le répertoire de tout grand politique, l'humour reste un des moyens les plus sûrs d'être apprécié d'un « grand public » souvent hermétique aux longs discours. Surtout dans une société si asséchée idéologiquement que parler pour ne rien dire est devenu une sorte d'ultime recours, le seul mode de survie de notre classe politique.

*

La salle des Quatre Colonnes et celle des Pas Perdus du Palais Bourbon sont depuis toujours un lieu stratégique. « C'est là que bat le cœur du monde parlementaire, là qu'on trahit les secrets, là que parlent les orateurs qu'on croit muets, que les vanités s'affichent et les ambitions impossibles se révèlent[1]… »

Là où patientent les correspondants de presse et sont installés les caméras de télévision et les micros des radios. Pour les députés en mal de publicité, c'est un lieu privilégié, un passage incontournable. Mais y faire des allers et retours ne suffit pas toujours pour attirer l'attention sur soi.

Salle des Quatre Colonnes, il est facile de remarquer ces députés qui cherchent du regard le journaliste qui s'approchera d'eux pour les interroger, solliciter un commentaire sur l'actualité, une confidence qu'ils s'empresseront bien entendu de rendre publique.

Rien de plus désespérant pour un élu ambitieux que d'entendre un journaliste demander à un confrère : « C'est qui, lui ? »

Un jour, un député m'a interpellé pour se plaindre que ce soient toujours les mêmes qui aient droit à la télé. En réalité, il ne comprenait pas pourquoi, lui, n'était jamais interrogé par les journalistes. Je n'y pouvais naturellement rien. Pour les intéresser, lui ai-je répondu en souriant, il faut surtout critiquer ses propres amis, son parti, s'en prendre fortement à un ministre ou contester avec humour sa politique. Apparaître comme une sorte de marginal, se distinguer du

1. Auguste Lireux, *Assemblée nationale comique*, Michel Lévy frères, 1850, p. 124.

lot, au moins paraître indépendant et libre de son opinion au sein de sa famille politique. Si on ne fait que reprendre « les éléments de langage » que tout le monde ressasse, on a peu de chances de devenir une vedette des plateaux de télévision. Se contenter de dénigrer ses adversaires n'est pas suffisamment original, sauf si la dose est particulièrement sévère. « Alors lâche-toi », lui ai-je conseillé.

Il n'a pas compris ce que je lui recommandais de faire, et pendant toute la législature n'a jamais su capter l'attention des journalistes. Il faut dire qu'il n'avait pas grand-chose d'intéressant à déclarer : une raison qui peut suffire à expliquer son infortune.

*

Au perchoir, lors des questions au gouvernement du mardi et du mercredi, où les correspondants de presse sont nombreux à attendre le chaland salle des Quatre Colonnes, je notais avec amusement les va-et-vient de ceux que j'appelais « les pros du micro ». Ces députés quittaient l'hémicycle quelques minutes avant la fin des séances, afin d'être les premiers à répondre aux questions des journalistes et surtout à précéder les « vedettes » qui allaient inévitablement monopoliser micros et caméras.

Il y avait aussi ceux que je nommais les « figurants » qui, à la fin de la séance, se rapprochaient d'un ministre important ou d'un collègue qui avait marqué les débats et se plaçaient dans son sillage, comme par hasard, pour être derrière l'un ou l'autre lorsqu'il serait filmé par les caméras de télévision. Et ainsi avoir une chance d'être vus à la télé, leur obsession.

*

Depuis que, le 23 mars 1956, la télévision a été autorisée à filmer l'arrivée en séance du président de l'Assemblée et à diffuser des images de l'hémicycle, les retransmissions des débats parlementaires n'ont cessé de se développer. Dès 1982, les séances des questions au gouvernement passent en direct sur FR3 devenue France 3. Et aujourd'hui c'est LCP, La Chaîne parlementaire qui en assure la diffusion.

Il est important pour un député d'apparaître souvent sur les écrans de télévision à cette occasion. Il n'a pas forcément accès aux grandes émissions politiques, réservées aux principaux ministres, aux chefs de partis ou à leurs porte-parole. Les électeurs seront satisfaits d'apercevoir leurs élus, même fugitivement, à la télévision.

C'est ce qu'avait très bien compris Lucien Degauchy, député RPR de l'Oise (1993-2017), qui arborait une veste jaune dans l'hémicycle et s'arrangeait toujours pour figurer derrière les collègues de son groupe parlementaire qui posaient une question. Au fil de la séance, en fonction des orateurs, il migrait de place en place. Finalement, on le voyait tout le temps et son activisme faisait rire. Quand Degauchy a quitté définitivement l'Assemblée, il a d'ailleurs fait cadeau de sa célèbre veste jaune à son groupe parlementaire.

Il fut imité par son collègue socialiste, le turbulent et sympathique député socialiste du Nord Patrick Roy

(1957-2011), qui lui aussi arborait une veste de couleur, rouge naturellement, avec l'assurance d'être repéré de manière plus efficace que par le seul fait d'interrompre un ministre.

*

Être vue à la télévision, telle était l'ambition de Béatrice Vernaudon, députée de Polynésie, qui, lors d'une séance des questions au gouvernement, voulut pénétrer dans l'hémicycle coiffée d'un grand chapeau. Prévenu par un huissier, je lui en fis interdire l'accès.

La séance levée, Béatrice Vernaudon vint me dire combien elle était contrariée par ma décision. J'ai eu beau lui rappeler le règlement, cela n'a pas suffi à la calmer. Sur le chapeau étaient représentés un ananas et des bananes. « C'était pour alerter sur les problèmes des producteurs de chez moi, de façon originale. Tu n'as pas d'humour… », m'a-t-elle reproché. Sa colère est cependant vite retombée et peu après elle me fit parvenir une petite figurine de Marianne, dont elle me savait collectionneur, représentant une Polynésienne coiffée du bonnet phrygien.

*

Ce 18 mai 1977, à la tribune, Jacques Limouzy, député du Tarn, personnalité originale et sympathique, a beaucoup contribué à divertir ses collègues.

La discussion parlementaire concerne l'importation qu'il estime abusive, sur le marché français, de textiles venant d'Asie. Et après avoir indiqué qu'« un sous-vêtement sur deux, deux collants sur cinq... », proviennent de Hong Kong et Singapour, il sort de sa poche, pour illustrer son propos, soutiens-gorge et petites culottes et les brandit du haut de la tribune. Après un moment de surprise, il déclenche hilarité et applaudissements. Il s'est ainsi assuré une couverture médiatique exceptionnelle, et sa photo le montrant un soutien-gorge à la main a fait la une de nombreux journaux.

*

Entendre seulement son nom cité lors d'une retransmission en direct d'une séance des questions au gouvernement est important pour certains députés qui y voient une promesse de notoriété.

Je me souviens de ce petit mot reçu, alors que je siégeais au perchoir, de ce collègue de la Creuse me demandant d'évoquer son nom au micro, ce que j'ai fait pour son plus grand bonheur. Alors de sa grosse voix, il s'est écrié : « Bravo ! » Le ministre qui s'exprimait au même moment a pensé qu'il s'adressait à lui. Il a été surpris, mais en a été satisfait, pour une fois qu'il recevait une telle marque d'approbation.

Fier d'avoir ainsi été mentionné, l'élu en question devint plus turbulent qu'à son habitude. Je dus, en le désignant nommément, le rappeler à l'ordre et lui demander de regagner sa place. Il s'exclama alors, tout sourire, avant de consentir à se rasseoir : « Très fort, notre président ! »

Heureux d'avoir été publiquement remarqué et son nom cité à la télévision, il m'a alors fait porter par l'huissier un petit mot : « Merci, si tu le fais régulièrement, je te devrai ma réélection ! »

*

Le 3 juin 2003, d'inconnu du grand public, Jean Lassalle a brusquement changé de statut, désormais auréolé d'une forte notoriété médiatique. Lors d'une séance, il s'était levé de son siège alors que le ministre de l'Intérieur s'exprimait, et avait entonné l'hymne pyrénéen *Aqueros Mountagnos* pour réclamer des renforts de gendarmes afin de surveiller le tunnel du Somport.

Pour bon nombre d'entre nous, Lassalle était presque un inconnu, sa participation aux travaux de l'Assemblée ayant été jusque-là fort discrète. Après ce récital, il a été vu sur toutes les chaînes de télévision, devenu une « vedette ». Au Palais Bourbon, il était surnommé « le chanteur ». Une façon comme une autre d'exister.

Il semble avoir pris un tel plaisir à focaliser l'attention des journalistes qu'il finit par se croire porteur d'un destin national. Il avait compris qu'en politique, il faut savoir faire parler de soi par tous les moyens. Son registre à lui : la contestation par le rire et la chanson.

Lassalle était parvenu à ce résultat le 9 octobre 2008, lors de l'examen par les députés du Pacte écologique. Il débuta son propos en suggérant « d'élever Nicolas Hulot au rang de père de la Nation, et même, profitant des bonnes relations qu'entretient le président de la République avec le pape, de le canoniser ».

Voilà pour l'ironie, mais qui déboucha vite sur une critique virulente.

Comme Cyrano de Bergerac, même si le contexte est différent, Lassalle aurait pu s'exclamer : « À la fin de l'envoi je touche. » Il recommanda juste après de mettre l'intéressé « à l'abri de la justice, qui risque de lui demander un jour des comptes : car c'est bien l'argent des grands spéculateurs les plus pollueurs qu'il blanchit, ou verdit, dans sa fondation[1] ! »

L'humour n'est pas synonyme d'indulgence.

*

* *

Lassalle ne fut pas le premier « chanteur » du Palais Bourbon. Déjà au mois d'octobre 1986, lors du débat budgétaire, Jean-Marie Le Pen, député de Paris, conclut son intervention à la tribune en chantant un air d'opéra : *La Fille de Madame Angot* : « Mitterrand, Chirac c'est pareil, ce n'était pas la peine aucunement de changer de gouvernement ! »

1. Assemblée nationale, compte rendu des débats, deuxième séance, 9 octobre 2008.

# 6

# Le comique présidentiel

En accédant à l'Élysée, les présidents ont-ils vocation à perdre tout sens de l'humour ? Alors qu'ils en avaient, pour certains, manifesté auparavant ?

En dehors des déplacements parfaitement médiatisés, des petites phrases bien ciselées et faussement improvisées, des prétendus mouvements d'impatience, de vraies-fausses exaspérations habilement distillées auprès de la presse, quelle place reste-t-il pour l'humour dans la communication et l'art de gouverner de nos monarques républicains ?

Les grands discours, ces moments de bravoure présidentielle, sont destinés bien souvent aux historiens qui auront à décrypter le bilan d'un mandat et à faire apparaître une cohérence dans l'action.

Les traits d'esprit habilement utilisés font partie de l'arsenal de la communication présidentielle. Mais le sens de l'humour n'a pas été partagé de la même façon par tous nos chefs d'État.

*

Lors de grandes rencontres avec les journalistes, régulièrement organisées comme un véritable spectacle depuis le palais de l'Élysée et naturellement retransmises sur les ondes des radios et à la télévision, Charles de Gaulle a montré avec quel talent, et même génie, il savait manier toutes les formes d'humour.

Il en fit preuve avec éclat, avant même de devenir chef du gouvernement puis président de la République, lors d'une célèbre conférence de presse, le 19 mai 1958. Interrogé par un journaliste qui déclare : « Certains craignent que, si vous reveniez au pouvoir, vous attentiez aux libertés publiques », de Gaulle lui répond sur un ton faussement indigné et gouailleur : « Pourquoi voulez-vous qu'à 67 ans, je commence une carrière de dictateur ? » Nul besoin d'autres commentaires ni de plus amples explications. L'auditoire éclate de rire. La partie est gagnée.

À l'Élysée, l'humour du Général était, selon Jean Cau, « royal [...] il tombe de haut, ne souffre pas la réplique et assomme la victime[1] ».

À la suite d'une rumeur répandue par ses adversaires destinée à faire croire qu'il n'était plus en mesure d'assurer sa fonction, le 4 février 1965, à moins d'un an de l'élection présidentielle, un journaliste feint de s'inquiéter de son état de santé. Avec une ironie consommée et un grand savoir-faire dans l'art d'éluder les questions qu'il juge déplacées ou superflues, le Général lui explique, déclenchant des

1. Jean Cau, préface au livre d'Ernest Mignon, *Les Mots du Général*, Fayard, 1962. Ernest Mignon est un pseudonyme derrière lequel se cache Constantin Melnik, qui fut collaborateur de Michel Debré, Premier ministre.

réactions d'hilarité dans la salle de l'Élysée : « Je ne vais pas mal. Mais rassurez-vous, un jour je ne manquerai pas de mourir. » Pas la peine d'insister là non plus, tout était dit. Les journalistes savent à quoi s'en tenir sans obtenir plus d'informations. Mais de Gaulle d'ajouter avec la même malice : « Rassurez-vous, après moi, ce ne sera pas le vide, mais le trop-plein. »

De même, au cours d'une autre conférence de presse, le 9 septembre 1965, faisant écho à une campagne politique dénonçant son « pouvoir personnel », de Gaulle balaie cette critique d'une formule qui fera date : « Qui a jamais cru que le général de Gaulle, étant appelé à la barre, devrait se contenter d'inaugurer les chrysanthèmes ? » Manière habile et drôle de se justifier, sans vraiment répondre au questionneur.

À une question sur la difficulté de diriger les Français, on lui prête cette réponse : « Comment voulez-vous gouverner un pays où il existe 270 variétés de fromages ? »

Le Général n'était pas toujours très bienveillant envers ceux qui s'opposaient à lui, et son humour à leur égard pouvait être cinglant.

Ainsi vis-à-vis de Pierre Mendès France qui avait rejoint Londres, combattu dans les Forces aériennes de la France libre, avant d'être nommé commissaire aux Finances puis ministre de l'Économie nationale dans le gouvernement provisoire, de septembre 1943 à avril 1945, avant de s'ériger en 1958 en antigaulliste déclaré. Il vota contre l'investiture du général de Gaulle à la présidence du Conseil en 1958, fit campagne pour le « non » au référendum portant approbation, la même année, de la Constitution de la Vᵉ République.

Dès lors, il ne cessa de stigmatiser l'autoritarisme présumé et le « pouvoir personnel » du Général. En 1965, il soutint la candidature de Mitterrand contre lui et tenta d'apparaître, lors des événements de Mai 1968, comme le recours de la gauche face au pouvoir gaulliste pourtant légitime.

De Gaulle dira de lui avec une ironie et un ressentiment manifestes : « J'ai connu Mendès aviateur – très courageux d'ailleurs – mais sa spécialité c'est le rase-mottes[1]. »

Les rapports entre de Gaulle et les démocrates-chrétiens, rassemblés dans le Mouvement républicain populaire (MRP), n'ont pas toujours été excellents eux non plus.

En 1946, le MRP se sépara de lui sur sa conception des institutions exposée, notamment, dans le discours de Bayeux et la construction de l'Europe, le Général opposant à leurs thèses supranationales et fédéralistes l'idée d'une Europe confédérale basée sur la coopération renforcée entre les nations et les États qui les représentent.

De Gaulle régla leurs comptes aux démocrates-chrétiens d'une formule savoureuse en disant d'eux qu'ils lui faisaient « penser à des enfants de chœur qui boivent les burettes à la messe ».

Sur le même registre, j'ai retrouvé ce qu'écrivait avec une ironie très gaullienne et sans complaisance Michel Debré sur Jean Monnet (1888-1979), promoteur de l'atlantisme : « Personnage étonnant qui suit son ambition

1. Alain Peyrefitte, *C'était de Gaulle*, Gallimard, coll. « Quarto », 2002.

sur des chemins connus de lui seul [...] qui sait tout à la fois flatter le pouvoir et mépriser ceux qui l'exercent, habile manœuvrier éblouissant de ses soi-disant compétences techniques les politiciens ignorants, comme de ses soi-disant doctrines politiques les techniciens éberlués ou avides ; inspirateur, instigateur, corrupteur qui a vécu dans un monde de guerre sans faire la guerre, qui a su tirer fortune de ses échecs privés et gloire de ses échecs publics, français sans croire à la France, européen sans connaître l'Europe, homme d'affaires sans affaires, homme politique sans foi comme sans électeurs, fonctionnaire sans goût pour le service de l'État, c'est bien l'homme des époques troubles, le conseiller des chefs désorientés, l'intermédiaire entre les faux puissants, l'illusionniste qui aide ceux-ci à croire à leurs talents et ceux-là à croire aux talents de ceux-ci[1]... »

*

La dénonciation du régime des partis politiques est aussi un thème récurrent du discours gaullien. De Gaulle ne cessa de blâmer et brocarder leurs jeux stériles, ce « cartel des non », qualifiant de « politichiens » leurs dirigeants. « Les partis sont irrécupérables... Mais les chefs de parti ne demandent qu'à être récupérés... Il leur suffit de récupérer un portefeuille... », ironisait-il[2].

*

1. Michel Debré, *Le Courrier de la colère*, n° 11, 31 janvier 1958.
2. Jean Lacouture, *De Gaulle*, Le Seuil, 2010.

Lors de la campagne du référendum de 1969 sur le projet de loi relatif à la création de régions et à la rénovation du Sénat, avant que Giscard ne déclare « avec regret, mais avec certitude » qu'il n'approuverait pas le projet de loi référendaire, le Général déjà échaudé par son « Oui, mais », lors des élections législatives de 1967, confia à ses proches : « Giscard est un traître par nature… Allez le voir et persuadez-le de trahir dans le bon sens. »

On doit aussi au Général cette réflexion d'une causticité assez méprisante : « Comme un homme politique ne croit jamais ce qu'il dit, il est tout étonné quand il est cru sur parole[1]. »

Parfois, c'est par un simple mot qu'il livrait son opinion sur certains hommes politiques ou institutions internationales. Du « machin » pour qualifier et condamner l'ONU[2] ou du « Volapük » pour dénoncer le système supranational et affirmer son attachement à l'Europe des États. « Dante, Goethe, Chateaubriand appartiennent à toute l'Europe dans la mesure où ils étaient respectivement et éminemment italien, allemand et français. Ils n'auraient pas beaucoup servi l'Europe s'ils avaient été des apatrides et qu'ils avaient pensé, écrit en quelque "espéranto" ou "Volapük" intégrés[3]. »

Une formule lui suffit pour fustiger les esprits chagrins, enclins à tout critiquer : « Tout ce qui grouille, grenouille et scribouille n'a pas de conséquence historique[4]. » Il traitait de « comité Théodule » les

1. Ernest Mignon, *Les Mots du Général*, *op. cit.*, p. 67.
2. Charles de Gaulle, 10 septembre 1960.
3. Charles de Gaulle, conférence de presse, 15 mai 1962.
4. Charles de Gaulle, le 26 juillet 1967 à Montréal.

organismes chargés de donner leur avis sur toute chose : « L'essentiel [...] ce n'est pas ce que peuvent penser le comité Gustave, le comité Théodule ou le comité Hippolyte, raillait-il, l'essentiel pour le général de Gaulle, président de la République française, c'est ce qui est utile au peuple français, ce que sent, ce que veut le peuple français. J'ai conscience de l'avoir discerné depuis bientôt un quart de siècle, et je suis résolu, puisque j'en ai encore la force, à continuer de le faire[1]. »

Autre formule fameuse et définitive, celle du « quarteron », pour discréditer les « généraux en retraite » à l'origine de la tentative de coup de force à Alger le 22 avril 1961[2]. Le moment n'était pas propice à faire de l'humour, mais le vocable tiré du vieux français par de Gaulle permit de ridiculiser l'entreprise de ces généraux félons.

En de nombreuses occasions, lors de visites, de discours, le Général cultivait son art des petites phrases aussi drôles qu'assassines.

Lors d'une inauguration du Salon de l'auto, devant le stand Citroën, on lui présente le nouveau modèle ID 19 appelé à remplacer la DS présidentielle. Se tournant vers le patron de la marque, il se moque de ses ministres en disant qu'« il serait bien que eux aussi aient des idées[3] ».

On lui attribue cette autre remarque lâchée à l'occasion d'une visite au Centre national de la recherche

1. Charles de Gaulle, le 25 septembre 1963 à Orange.
2. Charles de Gaulle, allocution du 23 avril 1961.
3. Propos que m'avait rapportés Michel Debré.

scientifique (CNRS) : « Des chercheurs qui cherchent on en trouve, mais des chercheurs qui trouvent on en cherche. » C'est la reprise en mieux de ce que le Général avait lancé lors d'un conseil des ministres à Gaston Palewski, ministre chargé de la Recherche scientifique (1962-1965) : « Des chercheurs on en trouve… C'est des "trouveurs" que je cherche. »

Serrant un jour les mains de douaniers, de Gaulle s'exclama : « Messieurs, je n'ai rien à déclarer » avant de préciser, à la grande joie des personnalités et journalistes présents : « Une fois n'est pas coutume[1]. »

À Rambouillet, lors d'une « chasse présidentielle », de Gaulle vient saluer les invités. L'un d'entre eux croit bon de dire : « Ah la chasse, que d'émotions ! C'est vraiment comme à la guerre ! » Le Général, ne pouvant laisser cette comparaison stupide sans réagir, tourna son auteur en ridicule : « À une différence près, lui fait-il remarquer. À la guerre, le lapin tire[2] ! »

De retour à la préfecture de Limoges après avoir assisté à la grand-messe à la cathédrale, de Gaulle confie à Alain Peyrefitte : « J'aime bien ces messes. C'est le seul endroit où je n'ai pas à répondre au discours qu'on m'adresse[3]. »

On a souvent raconté ce dîner à l'Élysée du 5 décembre 1967 offert aux représentants du monde des Arts et lettres, où Brigitte Bardot fit son entrée, vêtue d'une sorte de « pyjama à brandebourgs », pour reprendre l'expression d'André Malraux, ministre de

1. 9 octobre 1961, au poste-frontière de Châble.
2. Cité par Marcel Jullian, *De Gaulle. Pensées, répliques et anecdotes*, Le Cherche midi, 1994, p. 142.
3. Cité par Alain Peyrefitte, *C'était de Gaulle*, t. 1, *op. cit.*, p. 141.

la Culture. L'actrice porte un pantalon noir et une longue tunique ornée de brandebourgs dorés, tels les uniformes d'officiers jadis. Sa tenue tranche pour le moins avec les robes classiques des autres invitées.

Lorsqu'elle se présente devant lui, le Général en souriant lui glisse : « Je suis militaire et suis en civil. Et vous qui êtes civile, vous êtes en uniforme militaire... Ah ! Madame, comme j'aurais aimé vous avoir dans mon régiment. Nous eussions fait d'immenses choses ensemble[1]... »

Lors d'une autre réception à l'Élysée, un ambassadeur déclare au Général que sa femme est très gaulliste, et lui d'avouer : « Eh bien la mienne, ça dépend des jours[2] ! »

En décembre 1969, de Gaulle confie à Malraux, venu lui rendre visite à Colombey, que son « seul rival international, c'est Tintin ! Nous sommes les petits qui ne se laissent pas avoir par les grands ». Et ajoute que pour ce qui le concerne : « On ne s'en aperçoit pas à cause de ma taille[3]. »

*

François Mitterrand, qui avait un sens du verbe plutôt acéré, se signala par un esprit d'une ironie souvent féroce. Tel le lynx qui attend le meilleur moment pour frapper sa proie, Mitterrand, calculateur politique hors pair, possédait l'art et la

1. Rapporté par Marcel Jullian, *De Gaulle, op. cit.*, p. 81.
2. *Ibid.*, p. 81.
3. Rapporté par Jean-Raymond Tournoux, *La Tragédie du Général,* Plon, 1967, p. 327 et selon Malraux.

manière d'atteindre ses adversaires à coups de sarcasmes savamment distillés. Volontiers rancunier, il n'oubliait rien des coups qu'il avait reçus et savait rendre sans merci.

Vis-à-vis du général de Gaulle, Mitterrand a rarement été aimable : « Autrefois, de Gaulle était de Gaulle. Il n'est maintenant qu'un gaulliste », raille-t-il en 1967, après avoir dénoncé des institutions qu'il ne manquerait pas, le moment venu, d'exploiter à son profit. « Le gaullisme vit sans lois, a-t-il écrit. Il avance au flair. D'un coup d'État à l'autre, il prétend construire un État, ignorant qu'il n'a réussi qu'à sacraliser l'aventure[1]. » Plus tard, il tiendra à faire cette mise au point sarcastique : « De Gaulle, c'était un grand homme. Mais je n'ai pas besoin de son képi. Quand il fait froid, j'ai mon chapeau[2]. »

Mitterrand traitait les centristes de « variété molle de la droite[3] ».

Tout aussi acide était son jugement sur Valéry Giscard d'Estaing, longtemps sa cible privilégiée, rivalité politique oblige. Mitterrand, avant et particulièrement après 1974, ne l'a pas ménagé, mobilisant contre lui son talent de débatteur avec des formules d'une justesse d'autant plus percutante qu'elles collaient assez bien à l'image que Giscard véhiculait de lui-même.

Giscard, alors ministre des Finances, s'était montré, en juin 1973, lors du Festival mondial de l'accordéon

1. François Mitterrand, *Le Coup d'État permanent*, Plon, 1964.
2. *Paris Match*, 22 avril 1988.
3. François Mitterrand, *L'Abeille et l'Architecte*, Flammarion, 1978.

de Montmorency, jouant de cet instrument en compagnie des célèbres interprètes André Verchuren et Yvette Horner. Il n'en fallut pas plus pour que Mitterrand le qualifie de « Mozart de la manivelle ».

En 1980, lors d'une rencontre avec des journalistes, l'élection présidentielle approchant, il choisit le registre de l'ironie pour déstabiliser Giscard qui entend bien briguer un nouveau mandat. Il le décrit, lui si soucieux de ses titres nobiliaires, comme le « baron du chômage, marquis des inégalités, comte de la hausse des prix, duc de la technocratie, prince de l'électoralisme, roi de l'anesthésie[1] ».

Et quand Giscard, le 2 mars 1981, fait officiellement connaître sa décision de se représenter, Mitterrand fait observer qu'« on attendait plutôt qu'il nous présente ses excuses[2] ».

Quand ils se retrouvent face à face lors du débat du 5 mai 1981, à la veille du second tour, l'affrontement est sans bienveillance aucune de part et d'autre. À Giscard qui l'avait qualifié d'« homme du passé », Mitterrand réplique, retournant la situation en sa faveur : « C'est quand même ennuyeux que, dans l'intervalle, vous soyez devenu l'homme du passif. »

Deux jours plus tard, le 7 mai, Giscard, pour capter les voix gaullistes, Chirac ayant été éliminé au premier tour, fait rappeler par ses amis que Mitterrand a collaboré avec le régime de Vichy et été décoré de la Francisque. Mais Mitterrand ne peut pas laisser dire cela sans riposter sur le même terrain. Devant les élus

1. François Mitterrand, déclaration à la presse, 24 juin 1980.
2. Beauvais, 7 mars 1981.

socialistes, il précise que la spécialité de Giscard, c'est de « tirer dans le dos, comme il l'avait d'ailleurs déjà fait en 1969, lors du référendum, vis-à-vis du général de Gaulle ».

Envers Jacques Chirac, qu'il fut contraint, après l'échec des socialistes aux élections législatives de 1986, de choisir comme Premier ministre, Mitterrand ne fut pas non plus sans recourir aux mêmes armes, à coups de formules acides pour tenter de le décrédibiliser.

« Si Chirac voyage tant, le pauvre, c'est parce qu'il ne peut pas rester en tête-à-tête avec lui-même[1] », dit-il, ajoutant : « C'est un type sympathique, dommage qu'il manque de structure mentale. » Autre amabilité : « Quand Chirac vient me voir à l'Élysée, il monte le perron avec ses idées et il les descend avec les miennes. » Et après leur face-à-face télévisé : « J'ai bien cru, à un moment, qu'il voulait me placer une assurance. »

C'est cette même ironie mordante que Mitterrand utilisa aux dépens de Michel Rocard, qui fut lui aussi son Premier ministre pendant plus de trois ans, du 10 mai 1988 au 15 mai 1991, et qu'il n'appréciait guère. Il est vrai qu'au sein de la galaxie socialiste, les deux hommes se sont affrontés sans pitié.

Rocard est vite apparu comme le rival de François Mitterrand, du moins comme un de ceux qui contestaient son autorité. Il a d'abord cherché à incarner un socialisme réformiste et anticommuniste avec le Parti

---

1. David Genzel, *Les Mots du Président. Mitterrand le cynique*, Bourin, 2005, p. 73.

socialiste unifié (PSU), dont il fut, de 1967 à 1973, le premier secrétaire, avant de rejoindre les rangs du Parti socialiste. Le congrès d'Épinay, le 11 juin 1971, consacra l'unité des socialistes derrière François Mitterrand autour d'une stratégie d'« union de la gauche » et Michel Rocard dut se rallier à lui en 1974. Il ne désarma pas pour autant, toujours résolu à s'imposer comme l'alternative à François Mitterrand qui, de son côté, continue à se méfier de lui, s'interrogeant ouvertement à son sujet : « Il a du talent, mais a-t-il des qualités ? »

Le 19 octobre 1980, Rocard annonça sa candidature pour la présidentielle à venir, devançant la décision de François Mitterrand. Moins d'un mois plus tard, Mitterrand se déclarait, Rocard se retira.

En 1981, il fit partie du gouvernement de Pierre Mauroy puis de celui de Laurent Fabius, dont il démissionna au bout de deux ans.

Réélu président, Mitterrand se résout, en 1988, à le nommer à Matignon. Mais ce n'est pas pour autant qu'il tire un trait sur le passé.

D'entrée de jeu, il « assassine » son Premier ministre en ces termes : « Vous verrez, au bout de dix-huit mois, on verra au travers[1]. »

Et il ajoutera en 1990, avec une animosité à peine dissimulée : « Michel Rocard est Premier ministre, c'est déjà fort bien, c'est conforme à ses qualités » et, faisant allusion à ses ambitions, mais avec toujours

1. Confidence faite à Ambroise Roux, vice-président du Conseil national du patronat français, et rapportée par la journaliste Raphaëlle Bacqué.

autant de méchanceté et de rancune, il précisera : « Le reste lui appartient, si toutefois l'histoire est bienveillante[1]... »

Mitterrand pouvait être sévère envers ses amis politiques, n'étant pas de ceux qui ont la mémoire courte ou indulgente. Son fiel, il le concentrait parfois sur ceux qui pourtant l'avaient accompagné ou rejoint dans ses combats politiques. En 1994, il confie ainsi à son fidèle Jacques Attali : « Je leur ai tout donné et ils détruisent tout ! » fustigeant « l'orgueil de Jospin, la suffisance de Fabius, la mesquinerie de Rocard[2] ». Ses flèches empoisonnées n'ont pas eu comme seules cibles ces trois compagnons de route. Édith Cresson, qu'il a pourtant promue à Matignon le 15 mai 1991 où elle est demeurée dix mois et dix-huit jours, ne fut pas davantage épargnée : « Je lui ai dit qu'elle avait le devoir de se rendre impopulaire. Je ne pensais pas qu'elle réussirait aussi bien[3] », ironisera-t-il. Et sur Jacques Delors, il aura ce mot d'une cruauté définitive : « Il aimerait bien être président, sans être candidat[4]. »

*

Faire rire aux dépens de ses contradicteurs est une technique très chiraquienne, de même que l'humour

1. Entretien avec François Mitterrand par Anne Sinclair, TF1, 25 mars 1990.

2. Jacques Attali, *Verbatim*, t. 3, Librairie générale française, 1998, p. 401.

3. *Libération*, janvier 1992.

4. Cité par Claude Estier, *De Mitterrand à Jospin. Trente ans de campagnes présidentielles*, Stock, 1995, p. 261.

est un recours contre l'adversité. Par bien des formules surprenantes, drôles ou incongrues, le rire, pour Chirac, avait une vertu protectrice.

Jacques Chirac n'avait pas le talent oratoire du général de Gaulle ou de François Mitterrand. Il n'aimait pas improviser ni trop s'extraire d'un texte écrit et ses discours importants étaient minutieusement travaillés. L'improvisation, il s'en méfiait surtout lorsqu'il était à l'Élysée où ses interventions publiques étaient disséquées et commentées.

Mais sur le terrain, lors des campagnes électorales, parti à la rencontre des électrices et électeurs, il se laissait aller à un style assez direct. Certains de ses bons mots étaient volontiers provocateurs et son humour pouvait être déconcertant.

Je me souviendrai toujours de cette réunion à Nonancourt, dans le département de l'Eure, en mars 1992. J'étais candidat aux élections cantonales, lui n'était pas encore président de la République, il était venu tenir une réunion publique. Après qu'il eut fait son discours et dialogué avec le public, je lui proposai d'aller boire une bière. Il me répondit, les micros encore ouverts : « Allons boire à nos femmes, à nos chevaux et à ceux qui les montent. » Je revois la légère surprise de certains notables au premier rang.

Le lendemain, interrogé sur la signification de cette phrase, je dus expliquer que c'était le « toast des cavaliers ». Chirac, qui avait effectué son service militaire à l'École de cavalerie de Saumur, l'avait sûrement apprise lors de son séjour sous les drapeaux.

La politique est un combat et Chirac, en authentique guerrier, se servait de l'humour pour cibler ses adversaires et faire sourire à leur détriment.

Ainsi de ce raccourci imagé et assez cruel à propos de Pierre Mendès France : « Il y avait chez lui un côté bulle de savon. » Sur Guy Mollet qui, sous la IVe République et au début de la Ve République, a été l'une des figures de proue de la SFIO, il écrira : « Le molletisme est un mouvement alternatif du mollet droit et du mollet gauche qui permet d'affirmer que le socialisme est en marche[1]. »

Chirac exécuta d'un mot rare et bien choisi Jean-Jacques Servan-Schreiber en qualifiant de « turlupin » ce ministre qui lui avait été imposé par Giscard d'Estaing et qui démissionna moins d'un mois après sa nomination. « Turlupin » vient du nom de scène du comédien Henri Legrand (1587-1637). On a alors donné le nom de turlupinades aux farces souvent grossières qu'il mettait en scène. Dans l'esprit de Chirac, JJSS, comme on l'appelait, relevait de ce registre bouffon.

En 1988, lors de l'élection présidentielle, c'est face à Mitterrand, président sortant, dont il est le Premier ministre, que Chirac se retrouve confronté. On assiste entre eux à un tir croisé de petites phrases aussi acides qu'agressives.

Alors que le chanteur Renaud, qui soutient Mitterrand, vient de clamer dans le quotidien *Le Matin* « Tonton, laisse pas béton ! », Chirac fait répliquer

1. Jacques Chirac, *Mémoires*, t. 1, *Chaque pas doit être un but*, Nil, 2009, p. 45.

par le sérieux Juppé, alors ministre du Budget, que le chef de l'État est « sur son petit nuage rose ».

Mais Chirac ne laisse pas ses compagnons égratigner seuls Mitterrand qu'il considère comme un « spécialiste de la virevolte ». Il dira aussi de lui : « Les situations équivoques conviennent à François Mitterrand comme le deuil sied à Électre[1]. » Il mettra en garde son ancien camarade de Sciences Po, Michel Rocard, en 1988, quand ce dernier lui succédera au poste de Premier ministre : « Méfie-toi de Mitterrand. C'est quand il te sourit qu'il a le poignard le plus solide dans la main[2]. » L'un et l'autre en firent l'amère expérience.

Au sujet de Balladur, lors de la campagne présidentielle de 1995, je me rappelle une conversation avec Chirac. C'était en mars. Nous quittions son quartier général, avenue d'Iéna à Paris, pour tenir une réunion à Rouen, après une rencontre au Havre avec des marins pêcheurs. Avant de monter dans sa voiture, Chirac m'annonça avec une visible satisfaction que, pour la première fois, un sondage, à paraître très prochainement et encore confidentiel, le plaçait dans les intentions de vote devant son ex-« ami de trente ans[3] ». Une lueur d'espoir venait enfin récompenser sa campagne électorale. Après des débuts difficiles et

1. Franz-Olivier Giesbert, *Jacques Chirac*, Le Seuil, 1987.

2. Michel Rocard, *Si la gauche savait. Entretiens avec Georges-Marc Benamou*, Robert Laffont, 2005 et *Le Nouvel Observateur*, 11 octobre 2005.

3. Le 21 février, un premier sondage BVA place Chirac et Balladur à égalité au premier tour. Dix jours plus tard, la remontée de Chirac se confirme, il passe nettement en tête.

des « trahisons » nombreuses, il lui était enfin permis d'espérer une issue favorable.

Lors de ce déplacement en Normandie, tout le long du trajet, assis à ses côtés dans la voiture, je le sentais d'humeur joyeuse. Racontant des blagues, évoquant « les intellectuels en chaise longue », ces « intellos » qui depuis des mois le critiquaient, « des professionnels du dénigrement ». Il se gaussait de la personnalité si empesée de Balladur, le qualifiait de « calculateur froid », riait de l'image du « Doudou » pontifiant propagée par les caricaturistes et « Les Guignols de l'info ».

À un moment, se tournant vers moi, il me demanda : « Sais-tu à quoi ressemble Balladur ? » Et sans attendre ma réponse, il me précisa : « À une poterie ancienne. » Surpris, je l'interrogeai sur les raisons de ce rapprochement insolite, et Chirac de m'indiquer que Balladur lui évoquait ce vieux dicton chinois qui affirme que « les militaires sont comme les poteries anciennes, ils supportent les décorations mais pas le feu ».

Cette comparaison aussi drôle que pertinente me convainquit qu'il y avait là un slogan original et incisif pour nos militants. Elle plairait aussi aux journalistes qui ne se privaient pas alors de brocarder Balladur qu'ils représentaient en marquis d'Ancien Régime, trônant dans une chaise à porteurs.

Pendant cette campagne, Chirac et Balladur ne se ménageaient pas et les petites phrases assassines pleuvaient de part et d'autre.

Par son positionnement politique, celle d'une droite progressiste face à Balladur qui incarnait une droite conservatrice et immobile, Chirac, alors que Lionel Jospin de son côté ne faisait pas l'unanimité, était considéré avec une certaine bienveillance dans les rangs de la « mitterrandie ». Bienveillance qui donna lieu à cette attaque qui nous a alors beaucoup amusés, venant du camp Balladur : « La gauche caviar découvre la tête de veau[1]. C'est très bon, mais il ne faut pas en abuser. À la longue c'est indigeste[2]. »

Chirac avait déjà laissé entendre que Balladur incarnait le renoncement et qu'il « fallait renoncer au renoncement[3] ». Il avait aussi déclaré peu après : « La France a besoin de passion – celle de l'amant – et de constance – celle du mari » (France 2, 6 avril 1995). Pour le plus grand nombre de militants et de Français, Balladur, ainsi visé par Chirac, n'avait rien effectivement d'un émule de Casanova.

*

C'est avec Giscard d'Estaing que Chirac trouvait une autre de ses sources d'inspiration préférées. Il aimait faire rire ses amis en le tournant en ridicule. Et Giscard ne se privait pas de son côté de distiller des moqueries méprisantes contre lui.

Entre ces deux personnalités diamétralement opposées, non seulement du point de vue politique, mais aussi de sensibilité et de caractère, rien ne pouvait s'accorder. « Je n'étais qu'un puceron à ses yeux[4] », s'amusait à rappeler Chirac qui, fin août 1976,

1. L'un des plats appréciés de Chirac.
2. TF1, 12 mars 1995.
3. Jacques Chirac (discours porte de Versailles, 17 février 1995).
4. Cité par Jean-Luc Barré, *Ici, c'est Chirac*, Fayard, 2019, p. 148.

démissionna avec fracas de Matignon où Giscard, disait-il, « m'a poussé pour que je me casse la gueule ».

*

Pour assurer son dessein politique, Chirac a conscience qu'il lui faut construire une formation politique rassemblée en sa faveur. Ainsi crée-t-il le 5 décembre 1976 le Rassemblement pour la République (RPR). Naturellement, cette initiative suscite la méfiance et la réprobation des giscardiens. Ceux-ci avaient compris sans mal que Chirac se forgeait une machine de guerre pour défier Giscard. De fait, quatre mois après son départ de Matignon, il édifiait ainsi, autour du pôle gaulliste, son propre parti aux fins d'unir la droite et le centre droit. C'est cette même stratégie que Giscard a engagée avec la création de l'UDF (Union pour la démocratie française).

Voilà que Chirac défie de nouveau Giscard et chasse sur ses terres politiques. À ceux qui dénoncent son action ou ses méthodes, Chirac leur répond par une formule imagée : « La volaille qui crie le plus fort est celle dont on arrache les plumes[1]. »

Et pour qu'il n'y ait pas d'ambiguïté, il confirme, à destination de l'Élysée, son intention de faire du RPR un parti populaire qui dénoncerait les méfaits du « capitalisme sauvage » et combattrait les « tenants du libéralisme classique ».

1. *Paris Match*, 17 décembre 1976, entretien avec Jean Cau.

En 1981, alors que Giscard brigue un second mandat à l'Élysée, Chirac se présente contre lui. C'est finalement François Mitterrand, comme on sait, qui sera élu en tirant parti des divisions du camp adverse.

Giscard suspectera et accusera même son ancien Premier ministre d'avoir, en sous-main, contribué à sa défaite. Ce qui n'était pas, me semble-t-il, une simple vue de l'esprit. Chirac s'en défendra toujours, admettant seulement de l'avoir « poussé dans le fossé… mais parce qu'il avait déjà le pied sur une pente glissante[1] ».

Pour lui, « Giscard, c'était Louis XV, Mitterrand le XIXe siècle ».

L'âge venant et la politique active s'éloignant d'eux, le ressentiment et la rancune, loin de s'estomper, resteront aussi vifs entre les deux hommes.

Dans le premier tome de ses *Mémoires*, Chirac retracera d'une phrase ironique l'état de leur relation : « Un jour Giscard assura avoir "jeté la rancune à la rivière". Mais ce jour-là, la rivière devait être à sec, tant cette rancune est demeurée chez lui tenace et comme inépuisable. »

Leurs rapports furent toujours tendus, souvent cocasses même lorsque, réfugiés au Conseil constitutionnel, ils n'avaient plus les mêmes raisons de s'affronter. Mais on n'oublie pas facilement le passé. J'en ai été le témoin direct.

Lorsque Chirac, ayant quitté l'Élysée, décida effectivement de siéger au Conseil, je dus lui trouver un bureau convenable. Giscard, dès qu'il l'apprit, en réclama un pour lui aussi. Je l'installai dans un salon.

---

1. Jean-Luc Barré, *Ici, c'est Chirac*, *op. cit.*, p. 154.

C'est alors qu'il m'a demandé où se trouvait celui de Chirac. « Il donne sur la rue et le vôtre sur le Palais-Royal », lui ai-je indiqué. « C'est parfait ainsi », m'a-t-il répondu, visiblement satisfait que le sien soit plus prestigieux.

Je me souviens aussi de cette séance du Conseil constitutionnel où nous attendons, mes collègues et moi, la venue des deux anciens présidents de la République.

Chirac arrive le premier et, ostensiblement, s'installe à la place de Giscard. Je le lui fais remarquer. Il me répond d'une voix suffisamment audible par tous et avec un grand sourire : « Tu vois, je me suis assis là pour sentir monter l'intelligence. » Giscard entre dans la salle à ce moment-là, mais heureusement trop tard pour avoir entendu le persiflage de Chirac.

Lors d'une autre séance qui est restée gravée dans ma mémoire, alors que le Conseil examine le texte d'une nouvelle loi réprimant l'immigration illégale, Giscard, assis à ma droite, demande à s'exprimer.

Il prend d'abord soin de rappeler qu'il a été président de la République et que la question de l'immigration clandestine se posait déjà sous son mandat. Il ajoute, lançant une de ces petites flèches venimeuses dont il était le spécialiste, qu'à cette époque « son Premier ministre n'était pas très allant sur ces questions ».

Je regarde, inquiet, du côté de Chirac, assis à ma gauche. Il demeure imperturbable. Cela me rassure, je pense qu'il n'a pas entendu. Au bout d'un court instant, je perçois sa jambe en train de s'agiter sous la table, ce qui me préoccupe. Il me dit alors vouloir intervenir. Je ne bronche pas, il insiste, je suis contraint de lui passer la parole. Il déclare alors en substance : « Moi aussi j'ai été président de la République, mais moi j'ai été réélu… »

Autour de la table du Conseil, certains membres ne peuvent s'empêcher de sourire et regardent le plus discrètement possible Giscard. Lequel ne réagit pas, comme s'il préférait s'abriter derrière sa propre surdité.

*

Avant d'annoncer publiquement en Corrèze, le 11 juin 2011, à l'approche de l'élection présidentielle, que dans l'hypothèse où Alain Juppé ne se présenterait pas, il voterait François Hollande, Chirac n'avait pas toujours été bienveillant à son égard.

Lors des élections législatives de 1981, François Hollande était venu le défier dans sa circonscription de Corrèze. Chirac eut alors en public ce commentaire ironique : « Le Parti socialiste envoie quelqu'un de moins connu que le labrador de Mitterrand. » Ce bon mot fera la joie des commentateurs politiques et sera abondamment repris par la presse.

Chirac pratiquait en privé un langage qui souvent tenait des « tontons flingueurs » ou de l'Almanach Vermot. Il avait parfois recours à des formules épicées, drolatiques, provocantes parfois.

Il s'en servait pour rassurer ses amis auxquels il recommandait : « Ne te mets pas la rate au court-bouillon » ou, variante, « Tu ne vas te bouffer ton foie pour cela ». C'est ce qu'il me dit quand je briguai la présidence de l'Assemblée nationale, pensant que je serais battu par Édouard Balladur également candidat au perchoir. Mais il employait également ces bons mots et boutades pour tacler ses adversaires socialistes dont il qualifiait les idées de « médiocrité du ragoût[1] », ou ceux de l'UDF, le nouveau parti giscardien, dont il disait : « C'est comme le pâté, ça va réduire à la cuisson. »

Pour dresser le florilège des boutades chiraquiennes, on pourrait pasticher la tirade du nez de Cyrano de Bergerac :

Philosophe : « Les emmerdes, c'est comme les cons, ça vole en escadrille. »

Moqueur (au sujet des centristes) : « Dès qu'ils sont trois, ils font une scission. »

Désarmant : « Je suis un anti-chasseur. Mais je vous comprends : si un lièvre vous attaque, il faut bien que vous vous défendiez. »

Provocateur : « J'apprécie plus le pain, le pâté, le saucisson, que les limitations de vitesse[2]. » (Ce qui ne l'empêchera pas, vingt-cinq ans plus tard, de faire de la sécurité routière une priorité.)

Ironique : « Bien sûr, je suis à gauche : je mange de la choucroute et je bois de la bière[3]. » Formule qu'il complétait souvent par celle-ci : « Je sais que j'ai une gueule de droite, mais on ne peut pas se refaire. »

Sportif : « J'aime les barres parallèles » et de préciser après un court silence, « un bar rive droite, un bar rive gauche ».

1. Jacques Chirac, *La Lueur de l'espérance*, La Table ronde, 1978, p. 75.
2. *L'Auto-Journal*, 1er août 1977.
3. *Libération*, 17 février 1995.

Blagueur (envers son ami Abdou Diouf, président du Sénégal) : « Dis donc, t'as encore grandi, non ? On t'arrose bien. »

Vulgaire : « Qu'est-ce qu'elle veut la mégère, mes c... sur un plateau ? » (Lors d'un sommet européen, en février 1988, après un « vif échange » avec Margaret Thatcher sur le remboursement d'une partie de la contribution du Royaume-Uni au budget de l'Union européenne. Son micro, qu'il pensait éteint, était resté branché.)

Inattendu (sur l'après-gaullisme) : « C'est vouloir faire du civet sans lièvre[1]. »

De bon sens (à propos des experts et des sondages) : « Les prévisions sont difficiles, surtout lorsqu'elles concernent l'avenir[2]. »

Ricaneur (sur sa cohabitation avec Lionel Jospin) : « Ce n'est pas la fusion, mais ce n'est pas non plus la fission[3]. »

Impitoyable (concernant Sarkozy) : « Il faut lui marcher dessus, ça porte bonheur. »

Furieux : « C'est à se les prendre et à se les mordre. » (Le jour où je lui annonce, en 1995, qu'un député qui lui doit beaucoup est passé dans le camp balladurien.)

Méchant (en évoquant François Fillon) : « C'est un chien qui mord par-derrière. »

Indifférent : « Ça m'en touche une sans faire bouger l'autre. » ou : « Je m'en tape le coquillard avec une patte d'alligator femelle. »

---

1. Jacques Chirac, *La Lueur de l'espérance*, *op. cit.*
2. *Le Figaro Magazine*, février 1993.
3. Jacques Chirac, *Mémoires*, t. 2, *Le Temps présidentiel*, Nil, 2011.

Sceptique (envers les professionnels de la complication) : « Ils câlinent les coléoptères. »

Grivois (à propos d'une publicité vantant les mérites de matelas) : « Un matelas Tréca… pour niquer sans tracas. » Un soir où il m'avait entraîné dans un restaurant antillais, il me précisa : « Manger épicé, c'est bon pour le poum-poum. »

Nombreux sont celles et ceux, quand une soirée se prolongeait, qui l'ont entendu dire avant de regagner sa chambre : « Cou-couche panier, pa-pattes en rond[1]. »

Lors d'une réunion publique en 1986, il déclara : « Il faut mépriser les hauts et repriser les bas[2]. » (Formule dont il me révéla qu'elle provenait de sa grand-mère corrézienne.)

« Le Chef c'est fait pour cheffer[3] », aimait-il à répéter.

« Être dans le vent, c'est un peu avoir un destin de feuille morte[4]. »

À des administrés qui lui réclamaient davantage de subventions, il rétorqua : « La France n'est pas le palais de dame Tartine[5]. »

---

1. Reprenant ici le refrain d'une chanson de Serge Castel chantée dans les années 1960 par Jacqueline Boyer.

2. 15 janvier 1986, Saint-Étienne.

3. *Le Figaro Magazine,* 20 juin 1992. Mot emprunté à San-Antonio dans *Le hareng perd ses plumes*, publié en 1991.

4. La campagne présidentielle avait déjà débuté à droite et Balladur caracolait en tête des sondages quand il a repris à son compte cette phrase du philosophe Jean Guitton.

5. Le titre d'une comptine ancienne : « Il était une dame Tartine/Dans un beau palais de beurre frais/La muraille était de praline/Le parquet était

« Ce sont des affaires de cornecul », disait-il souvent lorsqu'une affaire n'avait pour lui aucune importance, se référant à un mot de Rabelais[1].

*

François Hollande, qui a été aussi président de la République, il ne faut pas l'oublier, est l'inventeur d'un genre humoristique qui porte son nom : les « hollanderies ». Il sait se montrer très sarcastique en toutes circonstances et vis-à-vis de tous, en particulier de ses adversaires et notamment de Nicolas Sarkozy qu'il disait « passé de la présidence bling-bling à la présidence couac-couac », en 2008.

Son humour est reconnu, même s'il est parfois involontaire, ce qui le rend encore plus cocasse. On se souvient d'un de ses meilleurs sketchs : son escapade en scooter, casque sur la tête, pour retrouver sa maîtresse en espérant déjouer les services de sécurité. Il fut repéré par un paparazzi qui apprit à toute la France les turpitudes de son président. Cela a bien fait rire, mais probablement pas son entourage, où personne n'était informé de ses sorties nocturnes.

Ses confessions politiques témoignent de son sens de l'autodérision, pas si fréquent dans l'exercice du pouvoir : « Toutes les décisions que je prends, je les prends seul avec moi-même, dans un dialogue

---

de croquets/La chambre à coucher/De crème de lait/Le lit de biscuit/Les rideaux d'anis… »

1. Rabelais, *Pantagruel*, chapitre XXXIV : « et rompit quatre dentz à Lucifer et une corne au cul ».

singulier[1] », déclarait-il à la presse au cours de son mandat présidentiel.

On s'est beaucoup amusé de ce compliment inattendu adressé à celle qui fut sa ministre de la Justice : « Je salue Christiane Taubira… Sa voix peut porter, même quand elle ne dit rien[2]. » Et de cette recommandation à Jack Lang qu'on lui attribue : « [Il] avait toutes les qualités pour briguer la présidence de la République. C'est pour cela que je l'ai chaudement encouragé à se retirer. »

Aveu où l'humour n'est pas sans nostalgie, il n'est plus président, ayant dû renoncer à se représenter du fait de son évidente impopularité, lorsqu'il constate qu'il est « aujourd'hui… à deux doigts d'être aimé[3] ».

Recevant le grand prix 2017, bien mérité, de l'humour politique, il déclara à cette occasion : « Je prends conscience qu'un hommage m'est rendu, il était temps. Ce n'est pas forcément l'abondance des hommages qui justifie qu'on les néglige. »

Souvent raillé, Hollande fut qualifié de « capitaine de pédalo dans la saison des tempêtes » par Mélenchon[4] qui s'est inspiré du sobriquet « un barreur de petit temps », dont Roland Dumas avait affublé Michel Rocard.

François Hollande peut faire preuve d'un humour parfois déconcertant. Ses discours sont émaillés de formules dont on ne sait si elles ont été préméditées ou

1. *L'Express*, 19 septembre 2016.
2. Discours lors de la cérémonie de commémoration de l'abolition de l'esclavage, 10 mai 2017.
3. *L'Obs*, 3 mai 2017.
4. *Le Journal du dimanche*, 12 novembre 2011.

sont le résultat d'un simple lapsus, même si elles obtiennent un succès identique auprès de ses auditoires.

Une lapalissade consistant, comme on le sait, à professer une évidence, on peut dire de François Hollande qu'il est le digne héritier de M. de La Palice. Ainsi lors de son discours du 11 novembre 2014, inaugurant « l'Anneau de la Mémoire » au Mémorial de la guerre 1914-1918 de Notre-Dame-de-Lorette, l'a-t-on entendu déclarer : « Il n'y a rien de plus terrible pour un soldat déjà anonyme que de mourir inconnu. » Ce n'était pourtant ni le lieu, ni le moment de se laisser aller à faire de l'humour. Mais peu importe : Hollande a cédé une fois de plus à son penchant naturel.

De même, lors de la libération d'un otage, le 9 décembre 2014, il recommandait avec une lumineuse lucidité « aux Français de ne pas aller dans les zones à risque parce que c'est dangereux ».

Son analyse de l'échec de la gauche en 2002 apparaît d'une grande pertinence et digne d'un éminent politologue : « Je crois que la droite n'a repris la main que parce que nous avons perdu pied[1]. »

C'est un aveu aussi étonnant dans sa clairvoyance que drôle dans son expression, qu'il livrait en avril 2005 : « Il y a ceux qui n'attendent plus rien ; je fais en sorte de leur apporter ce qu'ils attendent[2]. »

L'humour acerbe est aussi pour l'ancien président de la République le plus sûr moyen de dire tout le mal qu'il pense de son successeur. Hollande n'apprécie plus guère son ancien collaborateur et ne peut ni

1. *Le Monde*, 26 avril 2002.
2. *Canal +*, 19 avril 2015.

ne veut le cacher. Emmanuel Macron fut secrétaire général adjoint de l'Élysée entre 2012 et 2014.

Pas besoin pour François Hollande de grands discours pour le dénigrer. Il lui suffit de faire rire à ses dépens : un art de la vengeance politique qu'il manie avec une solide dextérité.

Lors de l'émission « Quotidien », à la question « Emmanuel Macron est-il le président des riches ? », il répondit avec un petit sourire : « Ce n'est pas vrai, il est le président des très riches[1]... », déclenchant l'hilarité du public qui se trouvait sur le plateau.

À l'occasion d'une visite à des militants socialistes à Mainvilliers en Eure-et-Loir, il lâcha cette flèche : « Moi, j'ai voulu être un président à la hauteur et pas hautain[2]. »

Interrogé, à la suite de la célébration du 25e anniversaire de la mort de François Mitterrand, sur « ce qu'il y a de mitterrandien chez Emmanuel Macron », il résuma ainsi son point de vue : « d'être président ». Service même pas minimum. Il récidiva peu après, en évoquant la proximité qu'Emmanuel Macron s'employait à mettre en scène avec Nicolas Sarkozy : « C'est sans doute plus facile de consulter son lointain prédécesseur que son ancien employeur[3]. »

*

1. 25 avril 2018.

2. *L'Écho républicain*, 29 septembre 2018.

3. François Hollande, 8 mars 2021, répond aux internautes sur la plateforme Twitch.

S'agissant de nos présidents successifs, il faut admettre que cette capacité à faire rire même involontairement n'est pas partagée par tous.

Les saillies de Sarkozy étaient souvent plus vulgaires que spirituelles. Il aurait dû s'inspirer du sens de la répartie de son prédécesseur à l'Élysée. Lors d'une visite au Salon de l'agriculture en 2001, Chirac adressant un petit salut à un visiteur près de qui il passait, s'entendit répondre : « Bonjour connard. » À quoi il répliqua : « Enchanté, moi, c'est Chirac. » Ce qui avait plus de classe, on en conviendra, que la réplique devenue fameuse de son successeur dans les mêmes circonstances : « Casse-toi pauvre con. » Chacun sa personnalité, son style et sa qualité de vocabulaire.

Mais, fort de ma bienveillance à son égard, je dois avouer que Sarkozy est arrivé à me faire apprécier un sens de l'humour que je ne soupçonnais pas chez lui lorsqu'il a déclaré : « J'aurai été l'homme politique, dans l'histoire de la République, qui aura été examiné sous toutes les coutures et dans tous les sens[1]. » Quand on sait le nombre de fois où il a été mis en examen, on ne peut qu'apprécier son sens de l'ironie.

Nicolas Sarkozy m'a aussi fait sourire, *a posteriori*, quand j'ai retrouvé cette proclamation de lui datant de juin 1992 : « Dans un monde où la déloyauté est la règle, vous me permettrez d'afficher, de manière peut-être provocante, ma loyauté envers

1. France 2, journal télévisé, 21 septembre 2014.

Jacques Chirac[1]. » Quand on connaît la suite de ses relations avec lui, on est tenté de croire à un trait d'humour. Alfred de Musset avait raison : *Il ne faut jurer de rien* et *On ne saurait penser à tout*. Notamment en politique.

On garde encore en mémoire son lapsus commis lors du discours qu'il prononça le 5 septembre 2015 à La Baule aux Universités d'été des Républicains dont il avait alors pris la présidence : « Dans l'identité française à laquelle je crois, il y a quelque chose que je suis très attaché [*sic*], c'est que la France, de toute éternité, a toujours été du côté des opprimés et toujours été du côté des dictateurs, toujours été du côté de celui qui était jeté en prison parce qu'il croyait dans ses idées. »

Bien évidemment, il voulait affirmer que la France n'avait jamais été du « côté des dictateurs ». Mais sa formulation avait de quoi prêter à confusion.

Ce malheureux lapsus a surpris le public d'autant plus que son auteur a paru ne pas s'en rendre compte. Et il a fait la joie des médias qui l'ont repris en boucle sur les différentes chaînes de télévision. L'occasion de rappeler qu'en décembre 2007, alors chef de l'État, Nicolas Sarkozy avait reçu en visite officielle à l'Élysée le dictateur libyen Mouammar Kadhafi.

Emmanuel Macron ne se laisse pas aller en public à un sens avéré de l'humour, et encore moins de l'autodérision. Mais il a su faire preuve d'ironie avant son élection, le jour où il a déclaré, évoquant ses adversaires républicains et socialistes : « Les deux grands

1. *Marianne*, 14 au 20 avril 2007.

partis, c'est l'amicale des boulistes. Mais sans l'amitié et sans les boules[1]. » Et dans un entretien entre les deux tours de la présidentielle avec les journalistes de *La Provence*, il lança à propos de Marine Le Pen, son adversaire : « Elle est avec le système comme le pique-bœuf sur l'hippopotame : elle mange sur son dos, prospère de son inefficacité. Le jour où se met en place une organisation politique efficace, elle s'éteint[2]. »

Parmi ses rares saillies, on relève celle-ci, digne de la tradition chiraquienne, quand, le 12 avril 2018, à la télévision, il utilisa un mot ancien qui, dans le contexte, était drôle, celui de « carabistouille » pour dénoncer les balivernes que certains racontaient aux Français. Emmanuel Macron affectionne aussi « la poudre de perlimpinpin » dont la particularité est qu'elle ne sert à rien.

Hélas depuis, plus rien de vraiment notable sur le front de l'humour présidentiel.

1. *Le Parisien*, 24 septembre 2016.
2. *La Provence*, 5 mai 2017.

# 7

# De Matignon à l'Assemblée : facéties en tous genres

Dans la série des politiques facétieux, les présidents ont des concurrents sérieux : certains de leurs Premiers ministres. Ainsi de Jean-Pierre Raffarin et d'Édith Cresson. Deux modèles dans leur catégorie.

Personnalité qui apprécie l'humour et se plaît à faire rire, parfois malgré lui, Jean-Pierre Raffarin est l'auteur entre autres trouvailles de celle-ci, empruntée, semble-t-il, à Clemenceau : « Il est curieux de constater en France que les veuves vivent plus longtemps que leurs maris. » Courteline aurait pu lui donner la réplique, lui qui disait : « Si ma femme doit être veuve un jour, j'aime mieux que ce soit de mon vivant. »

Un député à la réputation d'excellent juriste a d'ailleurs pris soin de nous rappeler « qu'en comparant les droits de mutation et les droits de succession, on s'aperçoit qu'il vaut mieux attendre d'être mort pour vendre son terrain plutôt que de l'aliéner de son vivant ». Je ne sais s'il a convaincu ses collègues. Il avait certainement raison, mais il paraît difficile de suivre son conseil à la lettre.

Probablement Jean-Pierre Raffarin doit-il sa belle carrière politique à un bon sens exceptionnel qui a fait de lui un élu sympathique, assez proche des réalités pour être capable d'affirmer que « les jeunes sont destinés à devenir des adultes ». Un constat que personne n'avait osé faire avant lui.

Lui qui n'a pas été un parlementaire remarqué pour sa sveltesse, il s'est même signalé, en 2009, par une autre réflexion pertinente en remarquant que « le tour de taille n'est pas un handicap au Sénat ». Ni même pour accéder à sa présidence, si on en juge par l'embonpoint respectable de Gérard Larcher qui l'a évincé pour cette haute fonction. Raffarin ajoutant sans doute pour se consoler : « J'ai mes rondeurs mais j'ai mon énergie. »

Avec le même humour picaresque, évoquant la France, il a recommandé de « mettre en place la République du bon sens » et tenu à préciser que « le citoyen est un piéton de la République ». Comprenne qui voudra, mais l'image a l'avantage d'être facile à retenir. Autre avertissement utile : « À force de penser au pluriel la politique, certains ont oublié le singulier de la France. » Constatation non moins pertinente : « *La Marseillaise* sera d'autant moins sifflée qu'elle sera entonnée par tous. » Effectivement, il est difficile de siffler et de chanter en même temps. On doit également à Raffarin ce rappel plein de bon sens selon lequel lorsqu'« on ne travaillera plus le lendemain du jour de repos, la fatigue sera vaincue ».

Envers ses adversaires ou ses présumés amis politiques, Jean-Pierre Raffarin manie l'humour sans grande indulgence. Ciblant les premiers en ces termes :

« Qui sème la division récolte le socialisme. » Mais aussi cinglant à l'égard des centristes : « Ils sont tellement nombreux qu'on en trouve toujours un avec lequel être d'accord[1]. » Raffarin s'inspirait ici d'une formule à succès concernant le même parti : « Il n'a pas besoin d'un local pour se rassembler, une cabine téléphonique suffit. » Ou de ce que disait Hervé de Charette, en reprenant une réplique de Jacques Faizant dans un de ses dessins, sur le Parti populaire pour la démocratie française (PPDF) : « Ce n'est pas parce que nous sommes un parti charnière qu'il faut nous prendre pour des gonds[2] ».

*

Édith Cresson a occupé l'hôtel de Matignon du 15 mai 1991 au 2 avril 1992. Ce fut la première femme et la seule à ce jour qui ait assumé cette fonction de chef du gouvernement. Elle aussi nous a donné l'occasion d'apprécier son humour et sa capacité à faire rire par ses remarques souvent fortuites, mais restées mémorables.

Personnalité atypique dans le monde politique, mitterrandienne avant d'être socialiste, elle fut surnommée « Amabotte » par le « Bébête Show », parce que jugée trop servile vis-à-vis du chef de l'État.

1. *Le Figaro Magazine*, 16 avril 2016.
2. En juillet 1995, Hervé de Charette fonde le Parti populaire pour la démocratie française (PPDF), rattaché à l'UDF, devenu Convention démocrate en 2002. En décembre 2009, il quitte l'UMP et rejoint le Nouveau Centre.

Ses impairs sont devenus légendaires. Après avoir affirmé que « pour réussir en politique, que l'on soit un homme ou une femme, il faut avoir une capacité à convaincre. Convaincre, c'est séduire, donc il vaut mieux être bien physiquement[1] », elle n'hésita pas à déclarer à un journal étranger : « Un homme qui n'est pas intéressé par les femmes est, d'une certaine façon, un peu handicapé[2] », avant de préciser : « La majorité des hommes (dans les pays anglo-saxons) sont homosexuels – peut-être pas la majorité – mais aux USA il y en a déjà 25 %, et au Royaume-Uni et en Allemagne c'est bien pareil. Vous ne pouvez pas imaginer ça dans l'histoire de France… Je considère qu'il s'agit d'une sorte de faiblesse. » Autre bévue diplomatique : « Les Japonais travaillent comme des fourmis. »

On comprend mieux pourquoi François Mitterrand l'a nommée à Matignon, et non au Quai d'Orsay. Les relations de la France avec ses amis américains, anglais, allemands ou japonais auraient pu en souffrir.

Vis-à-vis des milieux d'affaires, économistes et financiers, son langage était également sans détours. Elle les prévint, en 1991, qu'elle n'avait « rien à cirer de la chute de la Bourse ».

À ceux qui n'avaient toujours pas compris la raison précise de son ascension ministérielle, Édith Cresson expliquait : « Ceux qui estiment qu'une femme n'est pas compétente pour être ministre sont pour moi des animaux préhistoriques, et j'ai suffisamment d'animaux à m'occuper pour me soucier de ces

1. *Le Point*, 20 mai 1991.
2. *The Observer*, 16 juin 1991.

animaux-là. » Rappelant à juste titre que « les femmes sont des êtres humains, douées d'un cerveau[1] ».

On lui doit en outre ce conseil utile : « Face à un problème, il n'y a pas 36 solutions : il faut trouver une solution. »

Mitterrand, de guerre lasse, finit par mettre un terme au mandat qu'il avait confié à cette gaffeuse intarissable, dix mois et dix-huit jours après sa nomination à Matignon.

*

Certes, l'Assemblée nationale est un endroit sérieux, les députés y votent la loi et contrôlent l'action du gouvernement, et les discussions peuvent y être animées. Mais ce n'est pas *a priori* une scène faite pour que le comique s'y donne en spectacle, même si la règle en démocratie parlementaire est la liberté de parole. Et d'en rire si nécessaire…

Il arrive cependant que l'impromptu s'invite dans certains débats, même s'il ne figure pas sur le très officiel ordre du jour.

La consultation souvent fastidieuse des comptes rendus de séances publiés au *Journal officiel* permet d'y dénicher des morceaux de bravoure souvent irrésistibles. Lâchées à la tribune ou dans l'hémicycle, au hasard des interventions et des échanges parfois vifs qui s'y déroulent, ces formules cocasses, recueillies par les sténographes, sont l'illustration d'un humour bien souvent imprévu.

1. Antenne 2, 19 mai 1991.

Ainsi de cette information fournie par un président de séance : « Nous avons reçu, en dernière heure, des amendements du gouvernement sur les parties les plus sensibles. » Avec quelle désinvolture le gouvernement traite le Parlement !

Les députés rivalisent parfois d'affirmations surprenantes : « Je ne veux pas parler des vivants, mais je veux faire allusion à l'un d'eux qui est mort », précise ce député. Un autre proclame, démontrant une parfaite connaissance de l'histoire : « C'est surtout chez les peuples vaincus que se manifeste l'esprit de revanche. » Constat non moins surprenant d'un élu : « Chaque fois qu'une jeune fille est enceinte dans ma circonscription, je me sens concerné. »

Nul besoin d'ajouter quoi que ce soit tant cette autre mise au point d'un de ses collègues est explicite : « L'heure est enfin venue où les cerveaux des enfants du peuple auront le droit de s'asseoir sur les bancs des écoles. »

Il fallait une imagination de parlementaire pour trouver une métaphore aussi sublime que celle-ci : « Nos bateaux de pêche ont abandonné la mer et l'ont transformée en un véritable Sahara. » Une façon de nous alerter sur la sécheresse et le dérèglement climatique. Des années plus tard, un autre député estimera de son côté qu'effectivement « pour avoir une pêche vivante, il faut un minimum de flotte ».

Il aurait peut-être été utile, en 2020, au gouvernement, lorsqu'il a rédigé le fameux article 24 de la loi sur la sécurité globale, qu'il a été contraint de retirer, de tenir compte de l'avertissement improvisé par cet élu du peuple s'adressant, plusieurs années auparavant, à un ministre : « Votre projet est illusoire ; on n'asphyxie pas la presse ; si on lui casse les pattes, on lui donne des ailes ! » Dans le même style, saluons cette déclaration entendue à l'Assemblée : « Je parle le pied levé. » Ce qui ne doit pas être un exercice facile, comme pour celui qui prétendait monter « à la tribune le pied levé ». Encore heureux qu'il n'ait pas eu comme méthode d'avancer à reculons !

Il se passe décidément beaucoup de choses à l'Assemblée.

*

Modèle d'humour improbable, Olivier Stirn, ministre du gouvernement Rocard, fut la risée du monde politique par ses initiatives souvent surprenantes. Organisateur, en juillet 1990, des États généraux du progrès, Stirn avait invité plusieurs de ses collègues à venir s'exprimer. Par souci de les flatter en leur montrant qu'ils attiraient du monde, il avait recruté, moyennant rémunération, de très nombreux figurants chargés de faire la claque.

La supercherie une fois révélée, ce ne fut qu'éclats de rire du côté de l'opposition et consternation dans les rangs de la majorité. Tourné en ridicule, Stirn fut contraint à démissionner du gouvernement.

*

Le groupe des humoristes involontaires rassemble des élus de tous bords à l'Assemblée, par-delà les frontières idéologiques.

Ainsi de cette affirmation du député communiste du Puy-de-Dôme, André Chassaigne, en 2011 : « Dans sa forme historique, le Parti communiste est mort ; mais il a encore de l'avenir. »

Source inépuisable dans le même registre, Jack Lang, qui fut ministre de la Culture de François Mitterrand. Lors de la première édition de la Fête de la musique dont il était l'initiateur, on l'entendit déclarer le 21 juin 1982 avec passion et conviction : « Je veux que chaque Français sorte son instrument, le prenne en main, et descende dans la rue pour montrer à ses voisins ce dont il est capable ! » Et pour qu'il n'y ait pas d'ambiguïté, il crut bon d'ajouter : « Il faut avoir confiance en soi-même. Les forces de vie doivent se mettre en branle. »

*

Qu'on se rassure, je ne suis pas exempt moi non plus de tout reproche dans ce domaine.

En 2004, on m'entendit déclarer le plus sérieusement du monde, évoquant l'action des indépendantistes corses : « Je n'imagine pas un instant cette île séparée du continent », formule qui eut le succès qu'on imagine auprès des journalistes.

L'année suivante, je récidivai, certes de façon moins improvisée, lors d'une réception au Palais Bourbon : « À l'Assemblée, on s'occupe des Jeux olympiques et on laisse les Jeux paralympiques au Sénat. » Ce qui fit beaucoup rire l'assistance sans que je sois certain d'être aussi apprécié au palais du Luxembourg.

À une autre occasion je déclenchai, mais sciemment cette fois, des fous rires dans l'hémicycle. Il était question de réviser la Constitution de la V$^e$ République. Noël Mamère, député vert de la Gironde, n'arrêtait pas de dénigrer nos institutions, d'appeler de ses vœux une VI$^e$ République, reprenant ainsi une vieille rengaine de l'opposition. Excédé, je l'ai interrompu avec son accord pour faire cette mise au point : « Je préfère la constitution de mon père à celle de Mamère[1]. » Effet garanti.

1. Assemblée nationale, deuxième séance du 15 juin 2000.

# 8

## Les rois du lapsus

La passion qui enflamme certains débats explique nombre de lapsus aussi malheureux que savoureux. Il arrive que les interruptions intempestives et répétées qui fusent de l'hémicycle finissent par déstabiliser les orateurs et les entraînent dans des dérapages verbaux qui peuvent prêter à rire.

Dans le feu de la discussion, la remarque malencontreuse peut surgir à tout instant. C'est le risque et le charme de l'improvisation

*

En septembre 1975, les députés discutent d'un projet visant à réguler l'industrie du cinéma érotique et à instaurer une majoration de TVA pour les films classés X. Robert-André Vivien, député du Val-de-Marne, est à la tribune. Avec fougue, il s'adresse au ministre de l'Économie et des Finances : « Monsieur le Ministre, lance-t-il, durcissez votre sexe… euh, pardon, votre texte ! »

On imagine aisément la stupeur puis le fou rire qui saisirent les parlementaires. Ce lapsus sera d'ailleurs par la suite effacé du compte rendu publié au *Journal officiel*.

Le 4 avril 1990, lors d'une séance de questions à l'Assemblée nationale, j'interpellai Pierre Arpaillange (1924-2017), ministre de la Justice, sur les nombreuses évasions des établissements pénitentiaires constatées depuis quelque temps, et il me répondit : « En 1989, sur les cinquante-deux évadés, on en reprit cinquante-trois[1]. »

Cette précision inattendue déclencha sur tous les bancs de l'hémicycle une hilarité prolongée, que le président de séance eut le plus grand mal à faire cesser. Le pauvre garde des Sceaux, totalement déstabilisé, était dans un état pathétique.

En réalité, il n'avait pas tort. En 1989, il y avait eu cinquante-deux évasions et durant la même période, cinquante-trois évadés, parmi lesquels un prisonnier s'étant fait la belle au cours de l'année précédente, avaient été arrêtés. Peu importe s'il y eut lapsus ou non, ce fut une épreuve des plus redoutables pour Arpaillange. Après cet impromptu, lorsqu'il pénétrait dans l'hémicycle, certains députés lançaient en le désignant : « Le 53e… c'est lui. »

André Santini, toujours mobilisé pour amuser ses collègues, leur posait cette devinette : « Quelle différence y a-t-il entre saint Louis et Pierre Arpaillange ? » Et lui de répondre : « Saint Louis rendait la justice

1. Assemblée nationale, compte rendu de séance du 4 avril 1990, p. 69.

sous un chêne. Pierre Arpaillange la rend comme un gland ! » Succès assuré pour l'auteur de cette formule inoubliable.

Avant de devenir ministre de la Justice (1988-1990), Pierre Arpaillange avait été un procureur général respecté, peu habitué aux débats houleux et surtout à être chahuté comme il le fut à l'Assemblée. Il eut beaucoup de mal à supporter l'ambiance de l'hémicycle.

*

Elle n'est pas encore ministre, mais Cécile Duflot est une personnalité importante du mouvement écologique lorsqu'elle participe en 2010 à une conférence de presse avec le député européen Daniel Cohn-Bendit. Et sa langue fourche : « On a beaucoup réfléchi en amants... », déclarait-elle. Chez les Verts, il s'en passe des choses en amont !

La droite n'est pas en reste. Répondant à une interpellation sur l'extraction du gaz de schiste, hydrocarbure naturel contenu dans certaines roches, le Premier ministre François Fillon parle du « gaz de shit[1] », le nom donné à la racine de cannabis. Naturellement un lapsus qui n'avait rien d'un aveu mais pouvait prêter à confusion.

Plus récemment, on entendit Bruno Le Maire, ministre de l'Économie, appeler « Christophe Colomb » son collègue de l'Intérieur. S'étant aperçu de son erreur, il ajouta, sans se démonter et avec humour :

1. 13 avril 2011.

« Laissez-moi reconnaître à Gérard Collomb la lucidité d'avoir découvert le nouveau monde[1]. »

Sa collègue du gouvernement, la ministre des Solidarités Agnès Buzyn, fut elle aussi à l'origine d'un fou rire général dans l'hémicycle. En débutant ainsi sa réponse à un député : « Monsieur le président, mesdames et messieurs les retraités[2]… » Ce qui était beaucoup anticiper…

*

Les discours des parlementaires sont parfois bien longs et fastidieux à écouter, sauf naturellement s'ils sont prononcés par un tribun. Mais rares sont ceux qui peuvent prétendre à cette qualité aujourd'hui à l'Assemblée nationale ou au Sénat.

Endiguer les marées montantes de l'éloquence en restreignant le temps de parole a toujours été une opération bien délicate à mener. En 1789, un projet prévoyait d'installer un sablier à cette fin. Mais, au nom de la liberté de parole des représentants du peuple, il ne fut pas mis en œuvre.

En janvier 1910, lors de la grande crue de la Seine qui avait envahi la cour du Palais Bourbon, un député suggéra que les séances soient suspendues. Alors Paul Doumer, élu de l'Aisne, protesta en réclamant la poursuite des débats : « Quand il y aura de l'eau dans l'hémicycle, nous monterons sur les gradins. » Il n'est pas

1. Assemblée nationale, compte rendu des débats, première séance, 7 février 2018.

2. Assemblée nationale, compte rendu des débats, 28 mars 2018.

certain que Doumer ait voulu plaisanter, l'humour n'était pas le trait le plus saillant de son caractère, mais sa remarque enchanta plusieurs de ses collègues.

Philippe Séguin, lors du débat sur la ratification du traité de Maastricht en 1992, s'est exprimé à la tribune durant plus de deux heures. À l'occasion de celui sur le Pacte civil de solidarité en 1998, Christine Boutin prit la parole pendant plus de quatre heures. Ils comptent parmi les députés les plus prolixes de la Ve République.

Lors des questions au gouvernement instituées en 1974, certains députés ou ministres prenaient un évident plaisir à s'écouter parler, ne se rendant pas compte qu'au fil de leurs propos, beaucoup de leurs auditeurs avaient déjà la tête ailleurs. Mais depuis que la télévision retransmet les débats en direct pendant une heure, la stratégie de toutes les majorités est de monopoliser le plus possible la parole afin que les interventions des députés de l'opposition ne bénéficient d'aucune diffusion télévisée.

Pour remédier à cette dérive, j'ai institué, durant ma présidence de l'Assemblée, un temps de parole très strict de trois minutes y compris pour les ministres, à l'exception du chef du gouvernement. Et je veillais à le faire respecter scrupuleusement. Les questions posées n'étaient plus d'abord celles de la majorité puis celles de l'opposition, mais elles s'opéraient en alternance, question par question. Ce qui permettait à chacun de profiter équitablement de la même retransmission.

Je me souviens de ce député de la majorité m'agressant verbalement après la séance pour lui avoir coupé la parole avant qu'il ait pu formuler complètement sa question. Et du secrétaire d'État aux Anciens combattants Hubert Falco qui, lors d'une de ces séances, ayant droit pour une fois à une question d'un député, assurance pour lui d'être vu à la télé et de montrer qu'il existait politiquement, n'en finissait pas de parler, dépassant allègrement son temps de parole. Je lui demandai de bien vouloir s'arrêter, et comme il n'obtempérait pas, je lui ai, depuis le perchoir, coupé le micro. Il était furieux et pendant longtemps m'en a voulu.

Les questions sont parfois si vagues et interminables qu'il est difficile d'y répondre en quelques mots. Un député me confia avoir trouvé la solution à ce problème. Lorsqu'il interrogeait un ministre, il avait mis au point une méthode de travail préparatoire : « Pour obtenir des réponses précises, je cherche à bien circoncire le problème », m'avoua-t-il.

Très intéressé et surpris par cette façon de faire originale, je lui ai alors demandé de me préciser comment il s'y prenait. Sans se rendre compte de son lapsus, il m'expliqua sa façon de procéder pour « circoncire » le texte de sa question, le réduire à l'essentiel.

Finalement, je lui fis remarquer en souriant qu'à l'Assemblée on peut « circonscrire » sa question ou faire preuve de concision, mais que s'agissant de circoncision, ce n'était pas le lieu idéal pour la pratiquer… d'autant que cette pratique politique n'était pas prévue par la Constitution.

La concision est indispensable effectivement et elle peut éviter bien des lapsus, comme celui de Jean-Luc

Mélenchon, député de La France insoumise à l'Assemblée nationale, le 28 avril 2020 : « Vous avez évoqué sur tous les cons… sur tous les tons la Grande Guerre[1]. »

*

L'hémicycle du Palais Bourbon n'est pas le seul endroit où les politiques doivent faire attention à ce genre de bévues.

En février 1998, pendant la campagne des élections régionales, nous avions beaucoup ri en entendant Édouard Balladur déclarer lors d'une réunion politique, avec la perspicacité dont il pouvait faire preuve : « L'abstention sera l'un de nos principaux obstacles » et, fort de son expérience, indiquer le moyen à utiliser pour la combattre : « Ce sera donc par le bouche-à-bouche qu'il faudra convaincre les électeurs d'aller voter. » Il voulait naturellement dire « bouche-à-oreille ». Ce qui était plus conforme à sa personnalité, me semble-t-il, même si la politique suppose des sacrifices que l'on ne perçoit pas toujours. « Ce type, disait Chirac, c'est quand même un remède contre l'amour, non ? »

Le lapsus de l'ancien Premier ministre fut abondamment commenté et, en dehors du cercle étroit de ses admirateurs, certains avaient qualifié son auteur de « théoricien du bouche-à-bouche politique ». À pratiquer naturellement après avoir obtenu le consentement des électeurs et électrices !

1. *Le Point*, 17/24 décembre 2020.

*

Toujours dans ce domaine des savoureux dérapages des hommes et femmes politiques, on se souvient de celui de la députée européenne Rachida Dati, en septembre 2010. Interrogée lors d'une émission de télévision, on l'entendit déclarer à propos du plan de licenciement d'un fabricant de sous-vêtements : « De plus en plus, ces fonds d'investissements étrangers n'ont pour seul objectif que la rentabilité financière à des taux excessifs » avant d'ajouter : « Quand je vois certains qui réclament une rentabilité à 20-25 %, avec une fellation quasi nulle, et en particulier en période de crise, ça veut dire qu'on casse les entreprises. »

S'apercevant aussitôt après de sa gaffe, elle fit preuve d'humour, reconnaissant qu'elle avait parlé un peu vite[1]. On la croit volontiers, mais reconnaissons-lui le mérite d'avoir su nous distraire.

1. Rachida Dati, 26 septembre 2010.

# 9

# Impromptus

Le rire peut résulter à l'Assemblée de situations embarrassantes. Le stress de devoir parler dans un hémicycle comme celui du Palais Bourbon où l'auditoire est bien volontiers critique aboutit parfois à des échanges vigoureux, aussi ironiques que désobligeants.

*

Après ses débuts à la tribune du Palais Bourbon en tant que député de Seine-et-Marne, Fernand Labori (1860-1917) éprouva le sentiment que ses qualités oratoires n'avaient pas suffisamment impressionné ses collègues. Il se savait pourtant l'un des avocats les plus réputés et talentueux du barreau de Paris. Défenseur d'Émile Zola et d'Alfred Dreyfus devant le Conseil de guerre, lors du procès de Rennes en 1899, son éloquence n'était plus à démontrer.

Lui dont les plaidoiries dans les prétoires étaient écoutées avec attention et admiration, fort dépité de n'avoir pas su captiver de la même façon l'intérêt des parlementaires, s'en ouvrit à l'un d'entre eux. Celui-ci lui répondit avec un humour qu'il ne dut guère apprécier : « Au tribunal, vous parlez devant des juges qui dorment et à la Chambre, on vous écoute[1]. »

Plus tard, il aurait pu recevoir ce conseil utile de Robert de Jouvenel (1882-1924), selon lequel « il n'est pas absolument interdit d'avoir du talent. Mais dans ce cas, il faut le dissimuler avec soin. Tous les députés qui, dès la première année de leur entrée au Palais Bourbon, ont abordé la tribune, sous le vain prétexte qu'ils avaient quelque chose à dire, ont subi de ce fait une grande déconsidération[2] ». Une leçon de prudence ou de modestie qui vaut toujours d'être méditée.

*

Roger Chinaud, député de Paris, ayant interpellé un jour de 1971 son collègue Jean Foyer pour lui dire que « sa clarté était trouble », celui-ci de lui répondre avec un dédain manifeste : « Ma clarté n'est pas obscure et je ne me prends pas pour une étoile. » Réplique immédiate de Chinaud : « Vous en présentez cependant quelques signes extérieurs[3]. »

*

1. Charles Daniélou, *Le Carnet d'un parlementaire,* Eugène Figuière, 1927, p. 59.
2. Robert de Jouvenel, *La République des camarades*, Grasset, 1914, p. 29.
3. Assemblée nationale, 1re séance du 11 décembre 1971, page 9188.

Longtemps les débats sur les questions agricoles au Palais Bourbon favorisèrent un humour de circonstance, souvent non expressément voulu.

Il n'est pas toujours facile de contrôler son langage ni de rester maître de soi, quand on est soumis à interpellations répétées. La preuve en est de ce ministre de l'Agriculture, qui, se laissant aller à une brillante improvisation, déclara aux députés : « Dès mon arrivée au pouvoir, je me suis complu à faire fonctionner l'organe essentiel de la reproduction chevaline... j'entends le Conseil supérieur des haras. » Vaste programme ! Enfin une recommandation dont l'utilité est démontrée ! Mais cet exposé perdrait de sa saveur sans ce qui suit : « Avec le développement croissant de l'hippophagie, un avenir nouveau s'ouvre pour le cheval[1]. » On connaît des perspectives plus heureuses[2].

Formule tout aussi surprenante à laquelle personne n'avait pensé : « Le porc, cette vache à lait de notre rendement national ».

Un autre responsable agricole répondait en ces termes à une critique qui lui était faite : « On m'a dit : "Vous avez peut-être commis une erreur en laissant abattre des veaux femelles. Vous auriez dû ménager l'avenir". Permettez-moi de rappeler qu'il faut trois ou quatre ans pour faire un bœuf et que j'ai de gros besoins à satisfaire. » Il est manifeste que ce pauvre ministre ne pouvait attendre. Mais un autre député le mit en garde : « Les producteurs de lait sont en ébullition. »

---

1. Compte rendu analytique cité par François Muselier, *Regards neufs sur le Parlement*, Le Seuil, 1956.

2. C'est en 1866 que l'hippophagie, la consommation de la viande de cheval, a été autorisée par la loi.

Doté d'un patronyme rassurant, Casimir Michou (1823-1901), ancien instituteur devenu médecin, député de l'Aube de 1881 à 1898, vigoureux défenseur des vignerons et du vin, avait son opinion sur la meilleure façon de lutter contre la morosité : « Dans mon pays, personne ne vient chez moi sans que je lui offre un verre de vin ; puis on en boit un autre, puis un troisième ; c'est l'usage des vignerons chez nous. Quand mes buveurs sont sur les limites de l'ébriété, ils chantent, ils sont disposés à l'attendrissement, ils voudraient embrasser tout le voisinage, voir tout l'univers heureux. »

Il faut dire que le dénommé Michou défendait le véritable vin et dénonçait avec vigueur les vins frelatés, coupés avec de l'alcool, et les distilleries industrielles. Son assiduité à la buvette de la Chambre était son point faible et lui avait valu le surnom de « Michou sur Bar », la sous-préfecture dont il était l'élu étant Bar-sur-Aube.

Charles Daniélou (1878-1953), député du Finistère (1910-1914, 1919-1936), ministre à cinq reprises, père du célèbre cardinal, rapporte dans ses *Carnets* l'histoire de ce député qui critiquait avec véhémence le ministre de l'Agriculture à propos de décrets taxant le beurre argentin, le fromage, le blé… Ce qui avait entraîné les représailles de ce pays. Furieux d'être ainsi vilipendé, le ministre s'emporta : « De tout cela je ne ferais qu'une bouchée[1]. » Ce qui, à défaut de convaincre l'Assemblée, la fit bien rire.

Cette perle, encore, d'un député de la Manche qui, comme Monsieur Jourdain qui faisait de la prose sans

1. Charles Daniélou, *Le Carnet d'un parlementaire*, *op. cit.*, p. 57.

le savoir, pratiquait l'humour sans s'en apercevoir : « Les éleveurs de la Manche entretiennent avec les centres d'insémination artificielle des rapports normaux. » Et celle de son collègue de Haute-Saône qui, lui, s'étonnait que son département « ne dispose que de cinq abattoirs normaux pour deux cent mille habitants ».

La remarque de René Sanson (1910-2004), député de Paris (1958-1967), le père de la chanteuse Véronique Sanson, était sans doute pertinente, bien qu'un peu alambiquée : « Il y a trois moyens infaillibles pour se ruiner, affirmait-il en 1961. Le jeu est le plus rapide, les femmes, dit-on, est le plus agréable, mais l'agriculture est le plus sûr[1]. »

*

L'examen du budget du ministère de l'Agriculture fut pendant longtemps un rendez-vous naturellement incontournable pour les élus ruraux. Les débats souvent interminables sous la IIIe et IVe République se déroulaient sous l'attention des correspondants parisiens des journaux de province. C'était pour ces parlementaires l'occasion qu'il ne fallait pas rater de faire parler d'eux dans leur circonscription. Ainsi se succédaient-ils à la tribune pour défendre les productions locales et plaider en faveur des « paysans », notamment ceux de leur fief. Et l'humour s'invitait parfois de façon imprévue dans ces débats-fleuves.

---

1. *Journal officiel*, séance du 11 octobre 1961, p. 2479.

Un soir de 1974, Jacques Chirac, ministre de l'Agriculture, me suggère, faisant partie de son cabinet, de le rejoindre à l'Assemblée afin d'assister aux prestations de ces députés ruraux, à l'occasion de l'examen du budget dudit ministère. J'en ai conservé un souvenir précis.

Il est aux alentours de 23 heures, quand le président de séance appelle à la tribune l'orateur suivant. Court moment d'attente. On comprend qu'il va se passer quelque chose d'inhabituel. L'honorable député pénètre enfin dans l'hémicycle. À sa démarche hésitante, il est manifeste qu'il a dû patienter à la buvette, le lieu où il a coutume de faire ses dévotions. Ce soir-là, comme à son habitude, mais probablement plus qu'à l'accoutumée, il n'a pas bu que de l'eau. Il vient en effet d'organiser une dégustation de Pousse-Rapière, mélange de liqueur d'armagnac et de vin mousseux.

Enfin arrivé péniblement à destination et après avoir gravi avec une certaine difficulté les marches de la tribune, notre député se met à débiter son laïus. Il est incompréhensible et inaudible, en tous les cas pour moi. Cela dure une dizaine de minutes. Il doit se tenir au micro pour rester à peu près droit. Ce qui ne surprend personne.

Quand il finit par descendre de la tribune, heureusement, un huissier est là pour éviter qu'il ne s'affale complètement après avoir raté une marche. Ses collègues et amis l'applaudissent pour ce bon moment passé grâce à lui.

Chirac, assis à son banc, lui fait alors signe de s'approcher et discute un court moment avec lui. Un huissier, toujours le même, qui le suit depuis son apparition dans l'hémicycle, veille non loin de lui à ce que le député reste debout face au ministre. Après avoir remercié Jacques Chirac chaleureusement, l'intéressé repart en direction de la buvette. Et Chirac se tourne vers moi avec un petit sourire.

Lors d'une courte suspension de séance, je lui demande ce qu'il a bien pu dire à notre député dans l'état où il se trouvait. Il me répond simplement : « Je l'ai félicité pour son talent d'orateur et son remarquable discours... » Je m'en étonne : « Vous avez compris ce qu'il racontait ? Il était complètement... » Chirac ne me laisse pas terminer ma phrase : « On ne meurt jamais d'une indigestion de compliments... », me lance-t-il. Non sans ajouter : « Il est tellement heureux que je l'aie félicité qu'il est parti boire à ma santé... Allons le retrouver à la buvette ! »

Ah, cette buvette ! Lieu sacré à l'Assemblée où un vice-président de la Chambre des députés, Léo Bouyssou (1872-1935), conseilla à un député « d'aller se recueillir » au lieu de perturber la séance par ses vociférations et quolibets. Cette fameuse buvette que le député radical de l'Hérault de 1893 à 1906, Paul Vigné d'Octon (1859-1943), a immortalisée dans cet amusant poème :

*La buvette est le lieu sacré des armistices*
*Qu'un seul ne peut violer sans que tous le maudissent*
*Pour âpre et violent qu'ait été le combat,*
*Ici, sans hésiter, on met les armes bas...*

*

Sur la scène parlementaire, même en dehors des débats agricoles, on se livre à des échanges dignes parfois des meilleurs comiques troupiers. Ainsi de cet élu qui avec beaucoup de sérieux tenait à rappeler qu'« en 1630, il existait déjà à Rouen une Bourse du commerce copiée sur celle-ci » et de son collègue qui affirmait avec autant de conviction : « Si l'on ne s'en est pas aperçu plus tôt, c'est qu'on a attendu aujourd'hui pour s'en apercevoir. » Un autre veillant même à préciser que « c'est la première fois aujourd'hui que nous allons assister à ce qui se passera tout à l'heure ».

L'hémicycle peut être aussi le lieu d'impromptus parfois violents ou comiques qui ont inspiré des auteurs de chansons humoristiques.

C'est de la tribune du Palais Bourbon qu'en 1887 le député bonapartiste de Charente, Gustave Cuneo d'Ornano (1845-1906), révéla le trafic des décorations auquel s'était livré le député d'Indre-et-Loire Daniel Wilson, gendre du président Jules Grévy, lequel fut contraint à quitter l'Élysée.

Ce scandale a inspiré la chanson *Ah quel malheur d'avoir un gendre* d'Émile Carré (1829-1892), qu'il met dans la bouche de Grévy :

*J'suis un honnêt' pèr' de famille*
*Ma seul' passion, c'est l'jeu de billard*
*Un blond barbu, joli gaillard*
*Une fois m'demande la main d'ma fille.*
*Nini, qui s'desséchait d'attendre*
*Un parti m'dit : Papa je l'prends*
*Y s'sont mariés, mais c'que j'm'en r'pens !*
*Ah ! Quel malheur d'avoir un gendre !*

*Avec lui j'en ai vu de grises !*
*Fallait qu'j'emploie à chaque instant*
*Mon nom, mon crédit, mon argent*
*À réparer toutes ses sottises.*

*

Il fut un temps où, dans l'hémicycle, on ne se ménageait pas et où les injures fusaient de part et d'autre, les débats donnant lieu à des déchaînements de passions incontrôlés.

Le 6 février 1934, le communiste Maurice Thorez fut rappelé à l'ordre par le président de la Chambre des députés pour avoir traité André Tardieu de « provocateur, aventurier, Gorgulov, canaille[1] ». Plus tard, c'est son camarade Jacques Duclos qui qualifiera l'un de ses collègues de droite (Roland Boscary-Monsservin) de « sinistre brute... vous êtes un chien et pas un homme[2] ». Lors d'une autre séance, les députés rivaliseront à leur tour d'invectives – « canaille », « salaud[3] ».

Le temps est en principe révolu où les injures personnelles se réglaient sur un pré, les armes à la main. Aujourd'hui, on n'en vient plus aux mains, même si on continue de se menacer ou de s'apostropher avec véhémence. Les députés contestataires, pour

1. Paul Gorgulov est l'assassin de Paul Doumer, le 6 mai 1932.
2. Séance du 26 mars 1957.
3. Séance du 20 mars 1957 entre Yves Péron (1914-1977), député communiste de Dordogne, André Lenormand (1913-1984), député communiste du Calvados, et Jean Legendre (1906-1994), député de droite de l'Oise.

manifester leur mécontentement, se contentent de quitter l'hémicycle bruyamment. Le dernier duel entre parlementaires fut celui qui a opposé, le 21 avril 1967, Gaston Defferre à son collègue René Ribière. Celui-ci avait provoqué le maire de Marseille qui l'avait traité d'« abruti » dans l'hémicycle.

René Ribière ayant été très superficiellement atteint à l'avant-bras, le combat s'arrêta. Defferre tint alors à préciser, avec le sens de l'ironie qui le caractérisait, sachant que Ribière devait se marier le lendemain, qu'il avait visé ailleurs qu'à l'entrejambe pour éviter de lui gâcher sa nuit de noces !

*

Quand on préside des séances aussi agitées, il convient de garder son sang-froid et de réagir avec calme et humour, comme savait très bien le faire Jacques Chaban-Delmas (1915-2000).

Ce 19 avril 1967, Paul Valentino (1902-1988), ancien député socialiste de la Guadeloupe de 1946 à 1955, et profondément anticommuniste, élu en 1967 sous l'étiquette gaulliste (UD-V$^{e}$), monte à la tribune. Un de ses collègues s'écrie alors : « Voilà la marée noire. » Les bancs de la gauche sont désignés comme ceux d'où est venue cette exclamation fort malencontreuse.

Le lendemain, le président Chaban-Delmas s'emploie avec habileté et humour à calmer les esprits. Il précise que « dans sa sagesse, la présidence n'avait pas entendu la phrase incriminée, cela ne signifie pas qu'elle n'ait pas été prononcée ». Ce à quoi le député communiste Guy Ducoloné tient à apporter cette nuance : « Elle n'a certainement pas été prononcée à l'égard de M. Valentino. » Et Chaban-Delmas de poursuivre : « Mais il faut savoir que la fonction de président de séance comporte une part de sagesse qui implique parfois une certaine surdité. » Il est vrai qu'il ne présidait pas la séance ce soir-là[1].

À l'Assemblée, comme au théâtre, il y a d'un côté la scène où se joue le spectacle sous le regard de la presse et donc d'un large public, et derrière, les coulisses, où les acteurs se retrouvent sans observateurs extérieurs.

Lors d'une séance particulièrement houleuse, je me souviens, après avoir entendu Georges Marchais et Jean-Marie Le Pen s'invectiver dans l'hémicycle, de les avoir revus ensemble, lors d'une suspension des débats, à la buvette. Ils étaient au bar, assez proches l'un de l'autre, et leur animosité réciproque paraissait oubliée. Je remarquai même qu'ils échangèrent un bref instant quelques mots sans agressivité manifeste. C'est l'envers du décor, qui prête tout au plus à sourire.

Sur la scène, les antagonismes politiques s'expriment, comme il est normal en démocratie. La majorité est dans son rôle en soutenant le gouvernement. L'opposition dans le sien en le contestant. Cette répartition est particulièrement visible lors des débats importants ou à l'occasion des séances de questions d'actualité qui se déroulent sous le regard des journalistes massés dans les tribunes. Il convient alors pour chacun de ne

1. *Journal officiel*, débats parlementaires, séance du jeudi 20 avril 1967, n° 23.

pas décevoir son public, d'être à la hauteur des espérances de son propre camp. L'hémicycle du Palais Bourbon est le lieu privilégié de ces jeux de rôles.

« Je fus un abonné des grandes séances de la Chambre. Je complétais là mes expériences de théâtre populaire. Le Palais Bourbon était alors, à mon sens, le premier théâtre de Paris. Sa troupe était hors pair », écrit Romain Rolland dans ses *Mémoires*.

Sur la scène de l'Assemblée apparaissent à toutes les époques et sous toutes les républiques des personnages singuliers qui se donnent en spectacle avec succès. Certes, depuis quelques années, les personnalités vraiment originales sont moins nombreuses : raison de plus pour s'intéresser à d'illustres figures qui n'ont pas été remplacées.

*

Le chanoine Félix Kir (1876-1968), député de la Côte-d'Or (1945-1967) et maire de Dijon pendant près de vingt-trois ans, n'est pas passé à la postérité seulement pour avoir donné son nom à une boisson qui mélangeait le vin blanc et la liqueur de cassis. Prêtre et député, il portait la soutane dans l'hémicycle et répondait avec gouaille à ses contradicteurs. À un élu communiste qui se moquait de ce Dieu en qui le prélat croyait sans jamais l'avoir vu, il rétorqua : « Et mon cul, tu l'as pas vu ? Et pourtant il existe. »

Un autre jour, il riposta à une accusation d'opportunisme : « Mes chers confrères, on m'accuse de retourner ma veste et pourtant, voyez, elle est noire des deux côtés. » Il est vrai que sa foi politique était, elle, à géométrie variable.

Le 9 décembre 1958, première séance de la V^e^ République, le chanoine Kir prononce le discours du doyen d'âge. Il commence par tenter de consoler les députés sortants non réélus : « Quant à ceux qui en furent écartés par les fluctuations de l'existence ou celles de la politique, je suis sûr qu'en hommes équilibrés ils savent accepter avec philosophie une retraite que je leur souhaite heureuse ou sereine. » Puis, s'adressant aux gaullistes nouvellement élus : « Tout au long de la récente campagne électorale, nous avons tous pu nous rendre compte des critiques violentes et trop souvent injustifiées portées contre certains membres du Parlement, ainsi que plus généralement contre tous les hommes publics, tant et si bien que le meilleur titre civique que tel ou tel candidat ait pu fréquemment exposer au jugement des électeurs était précisément de n'en posséder aucun. » (Rires.)

Sur le mandat de député, il eut ces mots : « La fonction parlementaire ne s'improvise pas, mais requiert tout un passé de dévouement au service rude et nécessairement bénévole d'un idéal généreux, de longs efforts, beaucoup d'indépendance et de fierté. Une élection, nous en avons connu des exemples, est parfois le résultat d'un engouement ou d'un hasard. Une réélection ne l'est jamais. » (Sourires et applaudissements, note le compte rendu.)

Conscient d'outrepasser son temps de parole, il choisit d'en rire et avec lui ses collègues : « Je sais... je déborde largement les limites traditionnelles du discours du doyen d'âge. Permettez-moi cependant d'aller encore un peu plus loin. Vous n'y voyez pas d'inconvénient ? Moi non plus. »

Un peu plus tard, Jacques Chaban-Delmas, le président de l'Assemblée, lui enjoignant de bien vouloir regagner son siège et d'arrêter de déambuler dans les travées de l'hémicycle, le chanoine Kir, d'une voix forte, lui répondit : « Je vais m'asseoir, monsieur le président, mais sachez que Dieu est partout ! »

*

D'humour, Pierre Comte-Offenbach (1910-1990), député du Loir-et-Cher puis de la Seine, en fit souvent preuve lui aussi. N'avait-il pas écrit sur sa profession de foi, avec beaucoup d'esprit : « Je précise pour ceux qui ne le sauraient pas encore que je ne suis pas un comte. Je m'appelle Pierre Comte comme on s'appelle Pierre Baron ou Pierre Leduc » ?

Combattant volontaire pendant la guerre, ancien agent du réseau « Armand », le gaulliste qu'il était ne voulait pas être pris pour un aristocrate germanique. La seule lignée dont il aurait pu se réclamer était d'ailleurs celle de la grande-duchesse de Gérolstein. Le nom illustre qu'il portait le prédestinait à défendre, à la tribune de l'Assemblée, devant André Malraux, ministre des Affaires culturelles, les crédits de la musique qu'il estimait sacrifiés. Comme crut bon de le faire observer son collègue Roger Souchal (1927-2014), député UNR de Meurthe-et-Moselle : « C'est qu'il la connaît, la musique ! »

Pierre Comte-Offenbach, s'adressant à Malraux, ne lésine pas sur les références : « Je suis donc appelé à vous demander, comme le faisait l'Orphée de Gluck, il y a maintenant deux siècles : "Laissez-vous toucher par nos pleurs." Et si en d'autres temps un autre compositeur illustre que j'ai quelques raisons personnelles de connaître a emmené Orphée aux enfers, c'était, monsieur le ministre, pour lui faire faire de la musique tandis que nos orphées français aujourd'hui sont aux enfers pour n'en point jouer, ni la leur ni celle des autres. (Rires.) Je vous demande donc, avec la plus grande insistance, de faire en sorte que, vous rappelant les titres de vos ouvrages célèbres : *La Condition humaine*, *Le Temps du mépris* – aujourd'hui révolu, j'en suis sûr –, vous redonniez à tous ces artistes *L'Espoir* et leur ouvriez de nouveau, à la suite des grands maîtres de la musique française, *La Voie royale* de la réussite. » (Applaudissements sur les bancs de l'UNR-UDT.)

On ne saurait mieux manier à la fois la baguette et l'ostensoir.

*

Autre personnage qui s'illustra de la même façon sur la scène du Palais Bourbon : Roland Dumas.

Il voulait être chanteur lyrique, il fut avocat, député, ministre des Affaires étrangères de François Mitterrand. Orateur talentueux, le moins qu'on puisse dire est qu'il ne laissait pas indifférent.

Personnalité sans scrupules et doté d'une réputation sulfureuse, Dumas a emprunté tous les chemins de traverse de la mitterrandie. Son mentor lui en reconnaissait d'ailleurs le mérite : « J'ai deux avocats,

Robert Badinter pour le droit et Roland Dumas pour le tordu », disait Mitterrand.

À l'Assemblée, Roland Dumas savait se faire entendre même de l'opposition, maître dans l'art de répliquer à ses adversaires avec un humour qui manquait rarement d'être spirituel. Au communiste Jean-Claude Lefort qui l'interrogeait sur le traité de Maastricht, après avoir rappelé que « d'Artagnan avait rendu l'âme à Maastricht », Roland Dumas répondit : « Vous devez savoir que les héros de Dumas sont immortels[1] ! »

*

Comment ne pas citer ici Jean-Pierre Brard, député apparenté communiste de Seine-Saint-Denis, tant il aimait ces débats où il pouvait sans arrêt interpeller un orateur, maugréer et gesticuler de sa place, réclamer une suspension de séance ou demander la parole pour un rappel au règlement qu'il interprétait à sa façon ?

Souvent, en appui de son intervention, il se référait à un grand auteur au point que je l'avais surnommé « le dictionnaire des citations ».

Brard avait une autre manie. Chaque année, au début de l'examen de la loi de finances, il demandait à prendre la parole. Naturellement, il critiquait le budget, rappelait qu'il fallait taxer les riches en priorité. À ce moment-là, il brandissait le magazine *Forbes* qui publiait le classement des plus grandes fortunes et

1. Assemblée nationale, 11 décembre 1991.

chaque fois s'en prenait à la famille Bettencourt, à « mamie Liliane » comme il la surnommait.

Il lui arriva même, afin de mieux illustrer son propos, de monter à la tribune avec un rabot de menuisier, une lime et un couteau suisse. Histoire de montrer au ministre comment faire pour raboter les niches fiscales.

*

Autre personnage, autre sujet. Marc Le Fur, député des Côtes-d'Armor, à propos d'un article de la loi sur le mariage pour tous, s'écriant avec un grand sourire à l'attention de Christiane Taubira, ministre de la Justice : « Vous supprimez la belle-mère ! » Personne n'y avait pensé. Et d'ajouter, faisant allusion à Feydeau, Courteline et Labiche : « Vous portez un coup au théâtre de boulevard. » Il demanda la venue au banc du gouvernement de la ministre de la Culture[1]. Déclenchant des rires sur toutes les travées de l'hémicycle.

Tout aussi irrésistible, l'ancien ministre Jacques Marette (1922-1984), député de Paris, s'adressant au ministre des Finances : « Vous me faites penser à un cuisinier qui se félicite de la qualité de son plat cuisiné alors que celui-ci est au congélateur. C'est à la sortie du congélateur que l'on saura si la sauce a tourné, ou si le plat est brûlé ! Pour le moment, on ne peut pas en juger… En conclusion, en paraphrasant la publicité de

1. Séance du 6 février, *Journal officiel* du 7 février 2013.

Canada Dry, votre budget a le goût, l'apparence, la bouteille, l'étiquette d'un bon budget [...] mais ça n'est pas un bon budget[1]. »

Et sa question écrite lorsqu'il découvrit en 1980 un arrêté sur les dates d'ouverture et de fermeture de la chasse à Paris. Après avoir fait remarquer au gouvernement, que « les interdictions de tirer dans la capitale étant limitées aux armes à feu », il demanda si la publication de cet arrêté visait « les chasseurs, munis seulement d'arcs ou de flèches, d'épieux ou de faucons » sévissant dans les vingt arrondissements de Paris.

*

Le 15 décembre 1993, on assista à cette passe d'armes entre Philippe Séguin au perchoir et Valéry Giscard d'Estaing à la tribune, à qui l'huissier vient d'apporter un verre d'eau :

Valéry Giscard d'Estaing : « J'espère que c'est de l'eau de Volvic ! Si c'est le cas, monsieur le président, je vous en remercie ! »

Philippe Séguin : « Je crains que ce ne soit de la Vittel ! » (Rires.)

Valéry Giscard d'Estaing : « Monsieur le président, je regrette cette remarque de votre part car, lorsque vous siégiez à la commission des Affaires étrangères, juste après la cohabitation, vous aviez demandé que le président en exercice, à savoir moi-même, fasse placer des bouteilles d'eau de Vittel sur la table de cette

1. Assemblée nationale, 27 octobre 1982, *Journal officiel* du 28 octobre 1982, p. 6376.

réunion. Je l'ai fait, et vous êtes parti ! » (Rires et applaudissements sur divers bancs.)

Il était loin ce temps où Lamartine, alors député, réclamait, lorsqu'il était à la tribune, qu'on lui monte un verre de bourgogne, ce qui peut-être contribuait à l'inspiration de notre illustre poète, mais servait aussi la promotion de son département d'élection, celui de Saône-et-Loire.

*

Restera dans les annales du rire au Palais Bourbon cette séance du 24 mars 1998, où, du haut de la tribune de l'Assemblée où il avait été invité à s'exprimer, le Premier ministre anglais Tony Blair évoque sa rencontre avec le socialisme.

Il débute son propos ainsi : « Je vais vous parler en français, alors courage. » Puis il raconte comment, lorsqu'il était serveur à Paris dans sa jeunesse, il reçut sa « première leçon de socialisme appliqué [...] Je me souviens, dans le bar il y avait un pot commun et on m'a dit qu'il fallait impérativement y mettre tous les pourboires », pour qu'ils soient partagés équitablement entre tous les serveurs. « Au bout de deux mois, j'ai découvert que j'étais le seul à le faire. »

Dans les travées de la gauche et au banc des ministres socialistes qui entourent le Premier ministre Lionel Jospin, on sourit aimablement à cette leçon de socialisme, mais du côté de l'opposition, c'est un long éclat de rire accompagné d'applaudissements prolongés. Heureusement, Blair prit soin de conclure avec une ironie toute diplomatique et britannique :

« La gestion de l'économie n'est ni de gauche ni de droite, elle est bonne ou mauvaise. »

*

Toute une génération de parlementaires se souvient de la silhouette claudicante de ce gladiateur du rire qu'était Alexandre Sanguinetti (1913-1980). Baroudeur, orateur passionné, débatteur redouté, député de la Haute-Garonne puis de la Seine, sa forte personnalité et ses formules aiguisées ont marqué bien des débats parlementaires.

Le 29 avril 1970, il fustige les actions commises par les groupes maoïstes, trotskistes, gauchistes « qui, il y a quarante ans, se seraient appelés les Pieds Nickelés ». Ce rapprochement ne fit rire cependant que ses amis politiques.

On doit aussi à Sanguinetti cette image inoubliable et toujours d'actualité : « Les sondages, c'est comme la minijupe : ça fait rêver, mais ça cache l'essentiel. »

*

J'étais député depuis peu de temps lors de cette séance où le communiste Guy Ducoloné (1920-2008), se tournant vers le général Emmanuel Aubert (1916-1995), élu RPR des Alpes-Maritimes, qui n'avait cessé de l'interrompre, lui lança : « Les seules balles que vous avez entendu siffler à vos oreilles était des balles de tennis. »

*

La lecture du *Journal officiel* offre des scènes cocasses à foison, où l'ordre du jour est subitement bousculé par un incident imprévisible.

Ainsi de cet après-midi du 1er décembre 1992 à l'ouverture du débat sur le projet de loi relatif aux professions de santé, où s'est introduit dans l'hémicycle, sans autorisation, un pigeon entré par la verrière. Il virevolte au-dessus des législateurs. Le président dut suspendre la séance pour chasser l'intrus. Mais, au bout de quarante minutes, la dextérité des huissiers se révèle impuissante à l'appréhender. L'Assemblée ne pouvant être paralysée par un malheureux pigeon, la séance reprit.

Le député de la Vienne Jean-Yves Chamard en profite, au nom de l'opposition, pour taxer ce projet de loi d'« un peu volatil ». Son collègue de la majorité, Philippe Sanmarco, se plaignant de « toutes les manœuvres qui ont été utilisées pour ralentir l'examen de ce projet », le ministre René Teulade de préciser : « Le projet de loi n'est pas un poulet et personne n'a vocation à être le dindon de la farce. Et même si certains envisagent un certain virage sur l'aile, j'y vois plutôt une invitation à prendre un peu d'altitude[1]. »

Voilà qui valait la peine d'être rappelé !

*

1. *Journal officiel* du 2 décembre 1992, deuxième séance, n° 102 (2), p. 215.

Autre séance drolatique, celle dont fut le héros le député gaulliste de l'Allier Hector Rolland (1911-1995), le 13 mai 1987.

Personnalité bien attachante, enfant de l'Assistance publique, abandonné le soir de Noël 1911 sur les marches de l'église Saint-Pierre de Neuilly, il disait souvent : « Je suis né dans une poubelle. » C'est le maire de Neuilly de l'époque qui attribua à ce nouveau-né, pour l'état civil, un nom et un prénom. Il fut placé auprès d'un couple d'agriculteurs dans la Nièvre et, autodidacte, il exercera une dizaine de métiers avant de s'installer comme concessionnaire Berliet à Moulins.

Maire de la ville pendant dix-huit ans, député de l'Allier élu pour la première fois en 1968 à l'Assemblée nationale, il avait inscrit sur ses affiches électorales « Hector, t'es le plus fort ». Soucieux d'incarner et regrouper « les députés de base » dans un « groupe de réflexion et de proposition » autonome, il en avait exclu les députés parisiens et les anciens ministres.

Hector Rolland entendait s'opposer ainsi à la « caporalisation » des parlementaires gaullistes, les députés « godillots », comme on les désignait alors. Ce qui explique son surnom de Spartacus[1] à l'Assemblée nationale.

« Godillot indiscipliné », comme il se qualifiait lui-même[2], avec son franc-parler et son accent rocailleux, il s'est illustré dans les annales de l'Assemblée pour

1. Ce gladiateur qui, entre 73 et 71 avant J.-C., aurait organisé la rébellion d'esclaves contre le pouvoir et pour leur liberté.

2. Hector Rolland, *Souvenirs dérangeants d'un godillot indiscipliné*, Albin Michel, 1990.

avoir, à la suite d'une séance des questions au gouvernement particulièrement chahutée, déclamé un « rappel au règlement » en alexandrins dont il était l'auteur[1] :

*Je sens monter en moi une juste colère*
*C'est à qui sera ici le plus autoritaire*
*On se croirait à Rome au temps du Colisée*
*Les invectives se croisent comme des lames d'épée.*

*C'est à qui pourfendra son antagoniste*
*Peu importe le verbe, il faut qu'il périsse*
*Ce galeux qui à coups de clairon veut faire ici la loi*
*C'est par cent coups de canon qu'il faut le mettre au pas.*

*Dans toute cette folie qui emplit l'hémicycle*
*On se pose la question, où est la République ?*
*Sa morale, le respect du peuple souverain*
*Tout est oublié, on le rappelle en vain.*

*On se croirait à Rome, quand au temps des Vandales*
*Leur clameur sauvage personnifiait le mal*
*Ou bien à Byzance quand l'Empire ottoman*
*Cherchait vainement la lumière dans ses flammes.*

*Le peuple plein d'effroi devant de tels démons*
*Se pose la question : « Perdent-ils la raison ? »*
*Même le Président du haut de son perchoir*
*En perd son latin devant cet auditoire.*

---

1. *Journal officiel*, compte rendu séance Assemblée nationale du 13 mai 1987, p. 1079.

*La folie collective s'enfle comme un orage*
*On dirait les armées mettant à sac Carthage*
*C'est à qui foudroiera l'autre de sinistres éclairs*
*Tout l'hémicycle résonne de propos incendiaires.*

*Monsieur le Président, appelez les pompiers*
*Ils sont devenus fous, leur gorge est enflammée*
*Dites-leur que la France hagarde les regarde*
*Qu'elle a pour eux des pensées goguenardes.*

*Il faut faire cesser le cirque du mercredi*
*Il n'intéresse nullement l'ensemble du pays*
*Il vaut mieux que chacun travaille en silence*
*Ainsi s'en portera beaucoup mieux la France.*

Imagine-t-on aujourd'hui un député s'exprimer ainsi et un ministre lui répondre de la même façon ? Il leur faudrait pour cela l'audace et le talent d'un Hector Rolland, qui reste irremplaçable.

# 10

# Les saveurs du Palais

Les scènes qui se jouent à l'Assemblée sont parfois dignes du meilleur théâtre de boulevard, celui de Feydeau, Courteline ou Labiche, sans oublier Pagnol.

*

Lors d'une suspension de séance, une députée de l'Aisne avait entrepris avec trois autres collègues, dans un salon attenant à l'hémicycle, une partie de belote passionnée. À la reprise du débat, elle n'était pas terminée. Et sans la moindre hésitation, ils continuèrent à jouer dans l'hémicycle.

À la tribune, quelques orateurs tentaient pendant ce temps-là de défendre leurs amendements, sans pour autant perturber nos joueurs. Le ministre, au banc du gouvernement, défendait son texte, peu leur importait, la partie restait toujours aussi disputée.

Heureusement, c'était en séance de nuit et les tribunes du public étaient vides, comme celle réservée à la presse. Je leur ai quand même fait porter par un huissier un petit mot leur demandant de bien vouloir ne pas « transformer l'Assemblée en un tripot, ce qui n'est pas prévu par la Constitution ». Mais mon message n'a pas suffit à les ramener à la raison.

*

Autre séquence insolite qui aurait pu s'intituler : « Les costumes du député », sur une musique d'Offenbach.

Un jour, Le Bon Marché livre à l'hôtel de Lassay à l'un de mes collaborateurs plusieurs costumes neufs. Ce dernier n'avait pourtant effectué aucun achat. Il s'agissait probablement d'une erreur qui allait être rapidement rectifiée. Mais le lendemain, nouvelle livraison d'une veste.

Renseignements pris par téléphone auprès de la direction du magasin, l'adresse marquée sur le bon de commande était bien le 126, rue de l'Université, celle de la présidence de l'Assemblée nationale et le nom indiqué celui du membre de mon cabinet, le règlement de la facture ayant été effectué en argent liquide.

Tout cela nous semble étrange, voire suspect. Nous imaginons plusieurs hypothèses : piège politique, tentative de compromettre un proche du président de l'Assemblée, canular pour une émission de radio ou de télévision.

Le lendemain est déposé à la réception de l'hôtel de Lassay un carton contenant divers objets personnels, livres et surtout photos. Tout s'éclaircit alors.

Nous comprenons, au vu d'un cliché représentant un député au bras d'une femme, qui visiblement n'est pas son épouse légitime, qu'il doit s'agir d'un règlement de comptes, celui d'une maîtresse qui veut solder sa relation avec le député concerné. Elle lui renvoyait ses affaires et les costumes qu'il avait commandés.

Mais nous ne pouvons conserver ces costumes. Les renvoyer à la maîtresse en question ? Nous n'avons pas son adresse, même si elle n'est pas totalement une inconnue pour nous. Les faire déposer au domicile privé, ou à la mairie de notre élu, eût été un geste inélégant.

Mon collaborateur entreprit alors de transporter discrètement dans le bureau de cet honorable parlementaire tous ses effets personnels. Ce qui fut fait à une heure où l'affluence n'était pas très forte au Palais Bourbon et une fois vérifié que le député était absent.

Celui-ci n'a jamais su comment ses costumes avaient été délicatement posés sur le canapé de son bureau. Et lorsqu'il interrogea l'huissier de son étage, ce fonctionnaire assura n'être au courant de rien.

Chaque fois que je l'ai croisé, jamais je ne me suis autorisé la moindre allusion à ses costumes, mais j'ai toujours admiré sa garde-robe ! Et je me souvenais de cette phrase de George Sand : « La rupture est faite, l'amour s'est envolé, bon voyage[1]. »

*

Nous sommes en avril 2004, un mardi à 14 h 45, jour des questions au gouvernement. Lucien Degauchy, dit

1. George Sand, *Monsieur Sylvestre*, 1865.

Lulu, député et maraîcher à Courtieux, dans l'Oise, vient comme chaque année offrir aux collaborateurs du groupe UMP des bottes de radis, concombres et autres salades de sa production.

Il se présente en voiture à la porte du Palais Bourbon pour effectuer sa précieuse livraison. Les gardiens lui indiquent alors que le mardi et le mercredi, personne n'est autorisé à pénétrer en voiture dans la cour d'honneur, pas même les députés, car il y a séance des questions dans l'hémicycle à 15 heures. Le lieu est strictement réservé aux véhicules des ministres.

Lulu affirme qu'il en a pour cinq minutes. Mais le règlement étant formel, les gardiens demeurent intraitables. Aucun passe-droit n'est recevable, même pour Lulu qui s'obstine néanmoins. Il tient à emprunter l'entrée officielle. Les salades de Lulu ne sauraient entrer à l'Assemblée nationale par une porte dérobée, il leur faut passer comme tout le monde par la place du Palais-Bourbon.

Le ton monte et, après quelques minutes de discussion, furieux, Lulu sort de sa voiture, verrouille les portes et disparaît.

Stupéfaits, les gardiens mettent un certain temps à réagir. Mais trop tard : le Premier ministre arrive et son véhicule ne peut pénétrer dans la cour du Palais, bloquée par les salades de Lulu. Jean-Pierre Raffarin est contraint de terminer les deux cents derniers mètres à pied pour rejoindre en hâte l'hémicycle avant que la séance ne débute.

Ayant appris l'incident, je manifeste à Degauchy mon mécontentement. Mais Lulu est satisfait de lui et heureux qu'un représentant du peuple ait ainsi réussi à bloquer l'entrée du chef du gouvernement. Cela le met en joie.

Le lendemain, pour se faire quand même pardonner son incartade, Lulu arrive à l'hôtel de Lassay avec ses traditionnels cageots de tomates, radis et autres légumes… Ce qui intrigue quelque peu à leur tour les huissiers de la réception. Mais ils le laissent faire, Lulu paraît si sûr de lui, et il entrepose alors son imposante cargaison dans le hall d'entrée de la présidence, transformé en étal de maraîcher. Et, tranquillement, Lulu passe dans les bureaux des collaborateurs pour distribuer ses précieuses productions.

*

*La Tournée gratuite des députés alsaciens et lorrains*, comédie burlesque en deux actes.

Le premier acte se déroule dans l'hémicycle. Entre en scène François Grussenmeyer (1918-1997) dit « Gruss », député gaulliste du Bas-Rhin qui, durant les trente-cinq années de sa vie parlementaire, de 1958 à 1993, s'est fait l'ardent défenseur à l'Assemblée nationale des bouilleurs de cru. Chaque année, il déposait le même amendement pour rétablir ce privilège.

Après qu'il eut quitté l'Assemblée, ses collègues alsaciens et lorrains poursuivirent sa tradition et continuèrent à présenter le même amendement à la fin de l'examen de chaque loi de finances, comme auparavant toujours refusé par le gouvernement.

Deuxième acte à la buvette.

Nos députés alsaciens et lorrains, pour se consoler de leur défaite prévisible, arrivaient au Palais Bourbon chargés de nombre de bouteilles de gnole, fabriquée plus ou moins en fraude de la réglementation dont après la séance ils offraient à leurs collègues une dégustation.

L'alcool de prune ou de mirabelle offre cette grande vertu de diluer les divisions politiques, de dissoudre les notions de gauche et de droite dans une cohabitation chaleureuse. C'était un rendez-vous mémorable et joyeux. Heureusement pas de portable à l'époque pour immortaliser cet instant, ni aucun journaliste, cette partie du Palais ne leur étant pas accessible.

*

Dans ce même répertoire, *Enfermée dans le bureau* aurait pu être le titre d'un vaudeville à succès. Une histoire de ménage contrariée dont l'Assemblée fut le théâtre.

L'épouse d'un député qui ne souhaitait pas divorcer, alors que son mari avait entamé une procédure à cette fin, manifesta son opposition en se barricadant dans son bureau. Malgré l'insistance du personnel, elle ne voulait pas en sortir tant que son mari ne renoncerait pas à ses intentions.

Le premier soir, discrètement, on déposa devant sa porte de quoi lui permettre de se nourrir.

Son député de mari ne paraissait pas trop inquiet ni préoccupé outre mesure de cette situation rocambolesque. Un peu de patience, disait-il, elle finira bien par sortir. Il ne cherchait nullement à la convaincre de se calmer et de rentrer chez elle. D'ailleurs, il évitait de revenir à son bureau.

Le deuxième jour, l'épouse restait cloîtrée. Heureusement, rien de cette affaire ne s'ébruitait à l'extérieur. Mais il convenait à présent de trouver une issue à cette situation.

Enfin, au début du troisième jour, après une âpre et délicate négociation, l'épouse finit par consentir à quitter le bureau sans esclandre.

Le scandale fut évité, mais l'épisode connut un vif succès au sein du personnel. « Le malheur des uns fait le bonheur des autres », selon Voltaire.

*

*On a perdu le ministre*, autre « sketch » parlementaire à succès.

Avant la fin d'une séance de nuit qui s'est prolongée très tard, ledit ministre veut relire un document. Il abandonne son secrétaire d'État au banc du gouvernement et s'installe dans un endroit tranquille pour travailler.

La séance se termine. Le Palais se vide. La buvette s'apprête à fermer, les lumières s'éteignent progressivement.

Dans la cour d'honneur, le chauffeur du ministre et l'officier de sécurité patientent. Ils finissent par s'inquiéter de ne pas voir revenir leur patron. C'est tout juste s'ils ne préviennent pas leur hiérarchie de sa disparition.

Où est donc passé le ministre ? Pas de trace de lui dans le bureau réservé au gouvernement. Un huissier est alors dépêché pour faire le tour du Palais à sa recherche.

Soulagement : il est enfin repéré, complètement et confortablement effondré dans un grand fauteuil dans un salon où il a sombré dans un profond sommeil. Avec beaucoup de délicatesse, il est alors réveillé.

L'incident est clos, pas besoin de lancer un avis de recherche. Et l'huissier est chaleureusement remercié. Il est toujours délicat de réveiller un ministre endormi !

*

Dans *Les Grogs du président*, le rôle principal est tenu par un vice-président, député de Paris, qui préside une séance de nuit en 1997. Sous prétexte d'un important mal de gorge, il se fait servir au perchoir grog sur grog.

Au bout d'un certain temps, il est manifeste que la dose lui permettant d'assurer normalement la direction des débats est en passe d'être dépassée. Heureusement, peu de députés dans l'hémicycle.

Mais le voilà qui commande un nouveau grog. Un de plus, ou de trop.

Inquiétude des fonctionnaires du « plateau », comme on a coutume d'appeler ceux qui se trouvent au perchoir derrière le président, et aussi de « l'huissier verre d'eau » chargé d'étancher la soif du président de séance ou celle des orateurs. L'huissier hésite, fait comme s'il n'avait pas entendu. Le vice-président insiste, s'agace de la lenteur mise à lui monter son précieux liquide. Il menace de suspendre la séance s'il n'est pas obéi. Il a l'alcool agressif.

Alors notre huissier prend sur lui d'ordonner à son collègue de la buvette de préparer un grog qui en ait l'apparence, mais qui n'en est pas un, composé uniquement d'eau et de sucre, sans rhum.

Au début, le vice-président ne s'aperçoit de rien. Il apprécie même ce nouveau breuvage et en commande plusieurs verres d'affilée. Une fin de séance plus fâcheuse a été évitée de justesse grâce à l'ingéniosité de « l'huissier verre d'eau ». Même si notre amateur de grog a eu un peu de mal pour s'extraire du fauteuil présidentiel et si sa descente du perchoir fut quelque peu périlleuse…

Le lendemain, je lui ai demandé si son angine était passée. Apparemment, il allait beaucoup mieux.

*

Après une longue séance, les pieds d'une députée avaient anormalement gonflé, si bien qu'ayant regagné son logement, elle dut faire couler de l'eau froide et s'installer debout dans le bidet pour les faire revenir à la normale. Mais l'imprévu arriva : le bidet se renversa et elle se blessa légèrement.

Le plus comique de la situation est la réaction de notre élue qui n'hésita pas à adresser une demande de remboursement aux services de l'Assemblée pour cause d'accident de travail ayant occasionné quelques frais de soins. D'où le surnom qu'on lui donna : « l'Accidentée du bidet ».

Le métier de parlementaire n'est pas sans risques mais le ridicule n'a jamais nui à une carrière politique. Par la suite, notre « accidentée » est entrée au gouvernement. L'effet du bidet probablement.

# 11

# Drôles de lois

Il arrive qu'une situation prête à rire sans relever de l'humour à proprement parler. En tout cas pour Léon Mirman (1865-1941), ancien élève de l'École normale supérieure, agrégé de mathématiques, professeur au lycée de Chartres puis à celui de Reims, dont les douze années passées au Palais Bourbon comme député de la Marne (1893-1905) avaient progressivement ébranlé les convictions politiques.

Élevé dans une famille républicaine, laïque et socialiste – son père, ami de Louis Blanc, fut le précepteur d'Adolphe et de Sadi, les deux fils d'Hippolyte Carnot, ministre républicain de l'Instruction publique de la Seconde République –, Léon Mirman quitta lentement les rives du socialisme pour s'amarrer à celles de la droite et de l'Action française.

Il acquiert sa notoriété en dénonçant la course aux décorations. Il reproche au système républicain d'encourager le goût obsessionnel des Français pour les médailles et de favoriser ainsi un clientélisme, source de corruption : « Le régime des décorations officielles par l'arbitraire inévitable qui de tout temps a présidé à leur distribution, par l'accroissement continu, par la multiplication effrayante des convoitises qu'elles excitent et des intrigues qu'elles provoquent », s'insurge Léon Mirman ce 18 décembre 1903 à la tribune de la Chambre des députés. En présence d'Émile Combes, le président du Conseil, il ajoute : « La chasse au ruban est devenue un sport spécial et intensif [...] Lorsque la bourgeoisie est arrivée au pouvoir, elle a trouvé dans les traditions de la monarchie ces deux défroques : les titres nobiliaires et les décorations [...] Les titres nobiliaires, elle n'a pas osé les faire revivre ; ce n'est assurément pas l'envie qui lui a manqué [...] Si demain on créait à la place des barons de l'Empire, des marquis de la République et si l'on remplaçait les comtes romains par des comtes laïques : oui ! toute une partie de la bourgeoisie républicaine et voltairienne s'écraserait pour rentrer dans ces ordres nouveaux[1]. »

Ainsi dépose-t-il une proposition de loi qui vise à supprimer toutes les décorations officielles. Plus exactement, il souhaite que « le port de décorations, insignes, rubans et médailles » devienne totalement libre, chacun pouvant accrocher au revers de son veston ce qu'il souhaite comme décoration ou médaille.

Cette proposition est largement commentée dans l'enceinte du Palais Bourbon, notamment parmi les députés républicains. On n'oublie pas que quelques années plus tôt, en 1883, pour s'attacher les « paysans » et les inciter à rejoindre le camp de la

1. *Journal officiel*, Chambre des députés du 19 décembre 1903, séance du 18 décembre 1903, p. 3267.

République, Jules Méline, ministre de l'Agriculture, avait proposé à Jules Grévy, président de la République, de créer l'ordre du Mérite agricole. Le « poireau », comme on le surnomme familièrement en raison de la couleur de son ruban et de son insigne, évoquant ce légume dont la racine est blanche et le panache vert.

Pourtant, Mirman en est convaincu : « La chasse aux croix, la foire aux rubans est [...] un des agents les plus actifs et les plus pernicieux de la démoralisation publique[1] ! »

Émile Combes, qui l'a écouté, n'est pas de son avis. Mais il loue avec ironie sa « vertu spartiate ». Finalement, la proposition de loi ne sera pas adoptée.

En tout cas elle fit le bonheur des journalistes de l'époque. Notamment celui d'Henri Rochefort, qui écrit dans *L'Intransigeant* : « Le député Mirman a déposé une motion portant que tous les Français, sans distinction d'âge ni même de sexe, auront le droit de s'attribuer à eux-mêmes toutes les décorations qu'ils jugeront les plus susceptibles d'ornementer leurs boutonnières ou leurs corsages. Le rouge allant particulièrement bien aux bruns, ceux-ci pourront, à leur gré, se nommer chevalier de la Légion d'honneur. Le ruban des Saints-Maurice-et-Lazare serait spécialement réservé aux myopes, la couleur verte étant excellente pour la vue. Les palmes violettes, qui rappellent la scabieuse, la fleur des veuves, s'épanouiraient sur le sein gauche des femmes qui, ayant perdu leur mari, annonceraient par ce signe de ralliement qu'elles sont

1. *Ibid.*

prêtes à accueillir les propositions, même déshonnêtes, qui pourraient leur être adressées… »

Devenu préfet de Meurthe-et-Moselle, Léon Mirman fut promu en 1914 par Clemenceau dans l'ordre de la Légion d'honneur mais, fidèle à lui-même, il refusa de recevoir cette distinction.

*

Mieux vaut sourire que s'indigner lorsqu'on examine certaines propositions de loi.

Ainsi de celle « portant défense d'apprendre à lire aux femmes » de Sylvain Maréchal (1750-1803).

Pamphlétaire, militant républicain et anticlérical, opposé aux ambitions de Bonaparte, il est aussi le principal rédacteur du journal le plus lu de son époque, *Révolutions de Paris.*

Dans cette proposition qui date de 1801, il soutient qu'« apprendre à lire aux femmes est un hors-d'œuvre nuisible à leur éducation naturelle : c'est un luxe dont l'effet fut presque toujours l'altération et la ruine des mœurs ». Et il précise sa pensée en soulignant « que la nature elle-même, en pourvoyant les femmes d'une prodigieuse aptitude à parler, semble avoir voulu leur épargner le soin d'apprendre à lire, à écrire ». « Les femmes qui se targuent de savoir lire et écrire, ajoute-t-il, ne sont pas celles qui savent aimer le mieux. L'esprit et le talent refroidissent le cœur. »

Naturellement, il faut replacer cette proposition de loi dans le contexte de son époque. Malgré des idées progressistes, Maréchal, auteur en particulier du *Manifeste des égaux* en 1796, est convaincu de l'infériorité des femmes et souhaite les cantonner dans la sphère familiale. De telles affirmations n'en restent pas moins inouïes, au point d'en paraître comiques à l'insu de leur auteur. Preuve, en tout cas, que le juste combat pour l'égalité entre hommes et femmes n'eut rien d'une promenade de santé.

Ainsi, le 21 novembre 1898, lors de l'examen à la Chambre des députés d'une proposition de loi de René Viviani reprenant celle déposée au cours de la législature par Léon Bourgeois, Paul Deschanel, Jules Léveillé et Raymond Poincaré, qui visait à autoriser les femmes à exercer la profession d'avocat. Cette initiative faisait suite au refus de la magistrature de permettre à une femme, Jeanne Chauvin, d'accéder au barreau de Paris[1].

Au cours du débat dans l'hémicycle[2], le député de l'Aveyron Joseph Massabuau (1862-1939) s'élève avec véhémence contre le souhait des femmes de travailler, ce qui aurait pour effet de désorganiser ce qu'il y a de mieux organisé dans notre société, c'est-à-dire la famille, et pour « conséquence fatale » selon lui de nous mener « à la suppression de la propriété et au collectivisme ». Et il s'explique : « Si l'égalité des sexes est reconnue par la loi, la femme préfèrera l'union libre au mariage… Il n'y aura plus d'héritier légitime ; sans héritier point d'héritage ; sans héritage, plus de propriété individuelle ! » Même Karl Marx n'y avait pas pensé !

Mais la suite du débat réserve encore des surprises.

---

1. *Journal officiel*, documents parlementaires, 21 novembre 1898.
2. *Journal officiel*, compte rendu de la séance du 30 juin 1849.

Voici que le comte du Périer de Larsan (1844-1908)[1], député de la Gironde (1889-1908) monte à son tour à la tribune pour mettre en garde ses collègues et proclamer catégoriquement : « Quand on invertit les rôles, quand la femme veut faire l'homme, elle s'en acquitte aussi mal que quand l'homme veut faire la femme. » Il aurait pu ajouter que les lois constitutionnelles ne donnent pas compétence aux députés pour être, selon son expression, « des niveleurs de sexes ». Mais il va jusqu'à prévenir que « si par malheur », ses collègues autorisaient une femme à devenir avocate, alors un grand danger ne manquerait pas de se produire car l'éloquence de la femme avocat « s'exercerait aussi bien par les yeux que par la langue ! » Assurément ce député de la Gironde était un grand connaisseur !

Si ces propos n'ont pas soulevé trop d'indignation, c'est sans doute parce qu'ils prêtaient plus à rire qu'à s'alarmer.

*

Lors du débat sur la loi Neuwirth du 19 décembre 1967 visant à autoriser l'usage des contraceptifs, et notamment la contraception orale, Jean Coumaros (1907-1991), député gaulliste de la Moselle (1958-1973), s'opposa à la prescription médicale de la pilule et réclama en vain la simple délivrance d'un certificat de non-contre-indication. C'était son droit et ses

1. Il démissionna de la magistrature alors qu'il était procureur de la République à Angoulême.

convictions. Mais sa démonstration suscita de l'amusement malgré elle. Selon lui, les femmes risquaient de prendre la pilule à l'insu de leur mari, devenant alors un « objet de volupté stérile », et les hommes de perdre la « fière conscience de leur virilité ».

Quant à son collègue Maurice Georges (1901-1975), député UNR-UDT de Seine-Maritime (1962-1975), il s'illustra lors du débat de la deuxième lecture de la loi Neuwirth en s'opposant au texte pour des considérations « morales, démographiques et médicales », formulées de manière aussi laborieuse que malencontreuse : « On sourira peut-être aussi quand on réalisera mieux comment le gouvernement a consenti à l'utilisation de la pilule, à condition que ce soit, au moins pour le ministre des Finances, et si je puis m'exprimer ainsi, sans avoir à délier les cordons de la bourse ! »

La cause était entendue.

# 12

# Sans la liberté de blâmer…

Pouvoir rire de nos dirigeants politiques est une garantie de liberté et un signe de bonne santé démocratique.

« Le rire est le propre de l'homme », fait dire Rabelais à Gargantua. Depuis fort longtemps, les écrivains ont compris combien l'humour et l'ironie ne sont pas seulement des antidotes à la morosité, mais aussi un moyen efficace de dénoncer le servilisme, de braver les puissants, de contourner les censures.

C'est par le biais de la raillerie que, pris dans le tourbillon de la Réforme[1] et de l'intolérance religieuse, Rabelais (1483-1553) a réussi à vanter une culture paillarde en célébrant le vin et la bonne chère contre les pesanteurs et interdits d'une religion enfermée dans ses dogmes.

Montaigne (1533-1592) n'a pas craint d'écrire, de son côté, contre la tyrannie des puissants : « De même

1. Mouvement qui, entre 1517 et 1570, a cherché à soustraire l'Europe à la domination du catholicisme romain et à marquer le souci d'un renouvellement radical du christianisme, considéré avoir été détourné de l'idéal évangélique par l'Église catholique.

que les joueurs de comédie que vous voyez sur les tréteaux faire une mine de duc et d'empereur, et, tantôt après, les voilà devenus valets et crocheteurs misérables, qui est leur native et originale condition, de même l'empereur, duquel la pompe veut éblouir en public, voyez-le derrière le rideau : ce n'est rien qu'un homme commun, et, à l'aventure, plus vil que le dernier de ses sujets, ayant mêmes infirmités et mêmes passions. [...] Sur le plus beau trône du monde, on n'est jamais assis que sur son cul[1]. »

Molière (1622-1673) avait lui aussi compris combien la moquerie, en déclenchant le rire, peut favoriser une prise de conscience politique. Maître de la raillerie, il a su, par son génie, montrer tout le grotesque d'une époque dominée par l'hypocrisie.

Molière se sert du rire comme d'une arme sociale et politique pour fustiger le pouvoir abusif des nobles, du clergé, de la Cour, des juges, des médecins. Par le comique, il dénonce avec une redoutable efficacité l'oppression et l'exploitation des pauvres par les classes les plus aisées, celle des femmes par les hommes, des enfants par les parents, des malades par les médecins, des domestiques par les maîtres. Il fait rire aux dépens des flatteurs, courtisans, nobles, bourgeois enfermés dans leurs certitudes et empêtrés dans leurs prétentions.

Beaumarchais (1732-1799), figure emblématique du siècle des Lumières, ne s'est pas privé lui non plus de fustiger l'ordre établi en le tournant en ridicule. Il oppose la valeur de l'individu aux privilégiés à la

1. Montaigne, *Essais* III.

naissance, dénonce les mœurs, pourfend l'arbitraire et la tyrannie de l'aristocratie dirigeante. Dans son monologue (acte V), Figaro s'en prend à la société de l'Ancien Régime, à sa pratique des incarcérations arbitraires dont l'auteur fut lui-même victime. Il s'attaque, en outre, à l'intolérance du pouvoir à travers la censure.

Quand la République s'est approchée du pouvoir, celui des Bourbons ou des Orléans, l'humour a permis de tenter de contourner la colère et la répression des serviteurs zélés du régime, qui n'acceptaient pas la moindre critique. Et ainsi l'ironie a-t-elle été porteuse d'idées sociales et politiques nouvelles. Le rire a véhiculé l'idée du changement et favorisé l'espérance en la République.

Tout au long de cette période, de la révolution de 1848 et durant le règne de Napoléon III jusqu'au retour de la République, des chansonniers, par leur capacité à déclencher le rire, ont permis aux idées républicaines de germer, à la contestation politique de s'exprimer.

Avec verve, ironie, constance et courage, ils ont stigmatisé les agissements des princes du régime et montré combien la moquerie pouvait, au-delà de la dérision, porter une espérance de changements politiques et de liberté.

Depuis longtemps, des journaux, par le truchement de la caricature, s'étaient spécialisés dans une ironie contestatrice, comme le reconnaît Pierre Larousse en 1867, dans son *Grand Dictionnaire universel* : « De toutes les armes adoptées par les Républicains, la plus redoutable, la plus cruelle et la plus efficace fut la moquerie. »

Créé le 4 novembre 1830 par Charles Philipon, le journal *La Caricature* acquit rapidement une grande notoriété et une influence qui contribuèrent à l'effervescence politique et sociale de la monarchie de Juillet. Sa renommée, il la doit beaucoup naturellement au talent d'Honoré Daumier (1808-1879). Entre 1830 et 1835, Daumier réalise, pour la vitrine du journal, une série de petits bustes en terre crue colorée représentant quelques-unes des personnalités politiques « du juste milieu » : ministres et députés, familiers du monarque. En accentuant les particularités physionomiques de ses personnages, Daumier a cherché à faire rire à leurs dépens, à mieux les discréditer pour dénoncer le régime qu'ils servent.

Dans *Le Ventre législatif*, où il représente les « bancs ministériels de la chambre improstituée de 1834 », Daumier ridiculise ces bourgeois du « juste milieu » dont certains ont sombré dans un profond sommeil, d'autres sont fiers d'exhiber leur embonpoint... Représentation accablante d'une élite politique, satisfaite d'elle-même, qui approuve la politique de Guizot (1847-1874), lequel invite ses compatriotes « à s'enrichir par le travail et par l'épargne », ignorant ainsi les souffrances d'une classe ouvrière de plus en plus misérable.

Messagères des valeurs de la République, ses caricatures connaissent un grand succès. Ne passe pas inaperçue la représentation de Louis-Philippe comparé à Gargantua où, tel un ogre, le roi avale tout l'or récolté par l'impôt sur le peuple, pour le déféquer en autant de nominations politiques et rétributions au profit de la classe privilégiée. Celle encore du même roi représenté en forme de poire, réalisée par Philipon le 14 novembre 1831, et reprise par Daumier, devient un symbole éclatant de la lutte des républicains contre le régime de Louis-Philippe.

Ce qui a valu à Daumier de connaître la célébrité, mais aussi la prison Sainte-Pélagie pour une peine de six mois de détention en 1832.

À ma grande joie, j'ai pu faire acheter par l'Assemblée nationale, en décembre 2004, trente-deux des petits bustes de Daumier mis en vente par un particulier. Ainsi fut évité que cette collection ne soit éparpillée ou ne quitte la France. Ils sont désormais exposés dans une salle des Marianne du Palais Bourbon.

*

Fondé le 1er décembre 1832, *Le Charivari* contribua lui aussi par son irrespect à miner les fondements de la monarchie de Juillet. Ses charges contre le pouvoir lui valurent de nombreuses poursuites judiciaires et notamment la condamnation de Charles Philipon à la prison pour « outrages à la personne du roi ».

L'avènement de la République n'a pas entraîné le déclin de la caricature satirique. Bien au contraire. Grâce à la loi du 29 juillet 1881 sur la liberté de la presse, ce genre a pu rester fidèle librement à sa vocation de dénoncer, critiquer, ironiser mais aussi, parfois, de célébrer des personnalités hors du commun, de décrire l'ambiance et les mœurs politiques d'une époque et de propager des idées.

*Don Quichotte*, hebdomadaire satirique paru de 1874 à 1893, créé par Charles Gilbert-Martin, l'unique rédacteur en chef et dessinateur, défendait ouvertement les principes républicains.

*Le Rire*, dont la première couverture fut illustrée par Jean-Louis Forain, dénonçait à coups d'images sarcastiques les « turpitudes » de certains dirigeants de la IIIe République.

Ce goût de la dérision dicta la ligne éditoriale de *L'Assiette au beurre* de 1901 à 1936, dont les illustrations, souvent féroces, offrent une virulente satire, souvent comique, des pouvoirs politiques, religieux ou militaires.

Sous la Ve République, dès les années 1960, « La Cour » ou les « Chroniques du Royaume » publiées chaque semaine dans *Le Canard enchaîné*, faisaient rire par leur impertinence, aux dépens du pouvoir gaulliste.

Sur un texte d'André Ribaud, les dessins de Roland Moisan faisaient apparaître le général de Gaulle sous l'apparence majestueuse et flamboyante de Louis XIV. Mais si la poire témoignait de la décadence du roi, la représentation de De Gaulle en souverain cherchait davantage à fustiger le pouvoir personnel et absolu d'un monarque entouré de ses courtisans.

Jacques Faizant a quotidiennement, pour *Le Figaro*, décrypté lui aussi la vie politique pendant plusieurs années. Avec beaucoup de finesse, de tact et de drôlerie, il a su illustrer la complexité de la personnalité du Général qui d'ailleurs ne lui en tenait pas rigueur, faisant montre ainsi de son propre sens de l'humour. Comme en témoigne cette lettre manuscrite qu'il lui adressa le 30 novembre 1968 : « Vos caricatures [...] m'ont fait plaisir puisqu'en somme il m'aura été donné d'être – en tant que sujet – utile à votre talent[1]. »

*Charlie Hebdo*, fondé en 1970 par François Cavanna et Georges Bernier dit « professeur Choron », pour remplacer *Hara-Kiri*, fut édité par la même équipe et interdit de parution par le ministre de l'Intérieur[2] pour avoir titré le jour du décès du Général : « Bal tragique à Colombey, un mort ». Formule d'un goût douteux, qui se référait à un drame plus meurtrier qui s'était passé dans une boîte de nuit de l'Isère, mais assez percutant dans sa façon de désacraliser l'événement.

Sennep, Faizant, Sempé, Cabu, Plantu, Cavanna, Wolinski, entre autres, ont montré l'importance du dessin satirique, instrument politique efficace au service de la liberté d'opinion et contre toutes les formes d'oppression ou de discrimination. Certains d'entre eux l'ont hélas payé de leur vie.

*

Dans la lignée de Daumier et en hommage aux caricaturistes du XIX<sup>e</sup> siècle, j'ouvris en 2004 l'Assemblée nationale à six dessinateurs politiques – Boll, Cabu, Calvi, Pétillon, Plantu et Wiaz.

---

1. Jean-Pierre Guéno, *De Gaulle et Marianne selon Jacques Faizant*, Hugo Image, 2014.

2. Raymond Marcellin, ministre de l'Intérieur de mai 1968 à février 1974.

Accueillis pendant plusieurs semaines, ils ont pu « croquer » à leur guise dans l'hémicycle les députés, que je n'avais pas informés de leur présence. Ils ont eu tout loisir de saisir la vie, les « acteurs » et l'ambiance de l'Assemblée. J'avais pris l'engagement vis-à-vis d'eux de présenter leur travail au public sans la moindre censure et en leur laissant une totale liberté de circuler dans le Palais.

Dans le cadre prestigieux de la salle des Fêtes, l'exposition « La caricature politique entre à l'Assemblée », inaugurée au printemps 2004, connut un grand succès. Elle visait à proposer un autre regard sur la vie parlementaire à travers 200 dessins et une quarantaine de silhouettes grandeur nature. Les visiteurs pouvaient également assister, dans un hémicycle miniature, à la projection d'un film montrant les six dessinateurs pendant leurs séances de travail.

Ces caricatures me valurent quelques surprises ou critiques.

Je me souviens de Danièle Breem, personnalité éminente de la presse parlementaire qui, bien qu'ayant atteint l'âge de la retraite, n'arrivait pas à quitter le Palais Bourbon. Elle y passait ses journées, parfois en chaussons, arpentait les couloirs à l'affût des derniers échos ou potins de la vie politique.

La « meilleure oreille du Parlement », comme la surnommait Philippe Séguin, connaissait tout le monde à l'Assemblée et tous avaient pour elle une véritable affection. Elle interpellait ministres, députés, assistants, administrateurs et agents de l'Assemblée, qui lui répondaient toujours avec gentillesse.

Danièle Breem apparaissait dans un dessin sous l'aspect d'une vieille tortue peu avenante. Lors du vernissage de l'exposition, je la vis se diriger vers moi pour me faire part sans doute de son mécontentement d'être si désobligeamment représentée. Tout au contraire, me prenant par le bras, elle me conduisit devant le panneau qui la concernait en me disant : « Vous avez vu, je suis la seule journaliste qu'ils ont dessinée. » Elle était heureuse et fière d'être ainsi reconnue, et désireuse d'obtenir une copie de l'œuvre.

La grande majorité des parlementaires ont été satisfaits de cette exposition. À part l'irritation manifeste de ce député contrarié d'avoir été oublié par l'un de ces illustres caricaturistes. Il se croyait important, incontournable, et soudain se rendait compte qu'il ne l'était pas. C'était, pour lui, l'insupportable prise de conscience d'une réalité inacceptable.

Un autre parlementaire grincheux vint me demander si je n'avais pas mieux à faire qu'à organiser de tels événements, qui, selon lui, donnaient une piètre image des élus de la République. Il ignorait que la dérision est souvent le meilleur rempart contre la prétention dont il donnait l'exemple. Être capable de rire de soi, de ce que l'on est, est une marque d'intelligence, qu'il ne détenait visiblement pas. Du moins n'était-elle pas flagrante chez lui.

En ce qui me concerne, face à ces critiques, je restai fidèle au conseil de Chirac qui recommandait en ces circonstances de s'en « taper le coquillard avec une patte d'alligator femelle ».

*

De nombreux artistes, tel Coluche (1944-1986) ou Pierre Desproges (1939-1998), s'illustrèrent par leurs parodies des hommes politiques.

Thierry Le Luron (1952 -1986) est resté célèbre pour ses imitations de Jacques Chirac, Raymond Barre, François Mitterrand ou Georges Marchais. On se souvient de cette émission télévisée du 1er janvier 1978 où Pierre Desproges, interrogeant Le Luron, pastichait les vœux de bonne année du président Giscard d'Estaing. En 1984, Le Luron interpréta avec un grand succès *L'emmerdant, c'est la rose*, parodie d'une chanson de Gilbert Bécaud qui irrita fortement le pouvoir en place en tournant en dérision son emblème.

« La Boîte à sel », émission satirique qui fit les beaux jours de la télévision à la fin des années 1955, fut en quelque sorte l'ancêtre du « Bébête Show » qui vit le jour en 1982 et devint une émission à part entière en 1988, à l'occasion de l'élection présidentielle. Au moyen de marionnettes, Jean Roucas présentait une satire sévère et souvent irrésistible des personnalités politiques.

À partir de septembre 1990 et pendant huit ans, à une heure de grande écoute, sur la chaîne Canal +, « Les Guignols de l'info » furent une fête de l'impertinence très suivie par des millions de téléspectateurs. Les imitations de Chirac par Yves Lecoq sont un monument de drôlerie impertinente. Cette émission a fini hélas par disparaître des écrans en 2018. L'irrespect, sa marque de fabrique, était aussi l'illustration décapante d'une démocratie vivante qui ne craint pas la liberté d'expression, s'oppose à la pensée unique et accepte toutes les formes d'humour, y compris les plus dérangeantes.

*

Le 16 novembre 1999, pour rendre plus divertissant le traditionnel dîner des députés RPR au restaurant de l'Assemblée nationale, je fis venir des caricaturistes de la butte Montmartre pour tirer leur portrait.

J'avais aussi convié le chansonnier Jacques Mailhot à venir nous exposer sa vision de la politique, telle qu'il la présentait chaque soir au théâtre des Deux Ânes. J'avais pris l'habitude d'y inviter des députés pour leur permettre de mieux apprécier le talent de Jean Amadou, de Michel Guidoni singeant Sarkozy et de Florence Brunold imitant Ségolène Royal.

Ce fut une belle soirée, divertissante à souhait, où Jacques Mailhot pastichait et imitait de façon irrésistible Édouard Balladur notamment, sous les traits du « grand Ballamouchi », pour la grande joie des députés présents.

Mais le lendemain, j'eus droit à un véritable drame de la part de quelques amis de l'ancien Premier ministre. Ils n'acceptaient pas qu'on ose ainsi rire aux dépens de leur héros, pour eux un crime de lèse-majesté. De véritables pince-sans-rire, engoncés dans leurs suffisances.

Quelques jours plus tard, à l'Assemblée, je croisai le principal intéressé qui s'adressa à moi avec le mépris dont il était habité : « On me rapporte que vous organisez des soirées pour faire rire à mes dépens, ce n'est pas correct... », me lança Édouard Balladur qui, sans attendre ma réponse, poursuivit son chemin toujours aussi haut perché sur lui-même.

Ces artistes et d'autres ont magnifiquement illustré la recommandation de Beaumarchais dans *Le Mariage de Figaro* : « Sans la liberté de blâmer, il n'est point d'éloge flatteur. »

*

Tout au long de notre histoire, des romanciers et non des moindres ont eux aussi fait rire lorsqu'ils décrivaient le personnel politique. Leurs commentaires souvent irrespectueux alliaient l'ironie et la méchanceté. Ils s'en prenaient certes aux idées, mais aussi parfois à la personne même de tel parlementaire ou ministre, à une époque où il était encore toléré de s'attaquer à leur physique.

Balzac, dans sa *Comédie humaine*, ne s'est pas privé de railler le comportement de ces notables de province engoncés dans leurs vanités et leurs contradictions, qui incarnaient l'autorité politique ou judiciaire de leur époque.

Après une carrière dans l'armée et la magistrature, Henri de Gavardie (1823-1910), élu en 1871 député des Landes puis sénateur de ce département (1876-1888), fut l'objet de la part d'Émile Zola, dans ses *Chroniques* de 1871, d'un portrait féroce. Il le qualifia de « fantoche enfariné », de « sévère gardien des bénitiers de sa bourgade », allant jusqu'à souligner que « certaines gens ont le guignon de dire la sottise que tout le monde a su éviter ». Il est vrai que cet Henri de Gavardie avait proposé d'inscrire dans la loi que l'immortalité de l'âme est un dogme intangible, et exhorté la Chambre des députés à intervenir auprès du pape pour hâter la canonisation de Jeanne d'Arc.

Nombre de journalistes et d'essayistes ne se sont pas privés eux non plus de moquer les « illustres figures » de leur temps.

Le journaliste Auguste Lireux comparait le talent oratoire de Louis Blanc (1811-1882), membre du gouvernement provisoire de 1848 et député sous la IIIe République, à celui d'une « grenouille qui serait devenue aussi grosse que le bœuf[1] ».

D'un humour tout aussi acide, son portrait de Lamartine, député en 1833, membre du gouvernement provisoire et ministre des Affaires étrangères en 1848, candidat malheureux contre Louis-Napoléon Bonaparte pour la présidence de la République en décembre 1848. Il le tourne en ridicule à la tribune de l'Assemblée avec ses « phrases en baudruche, gonflées d'hydrogène, qui s'élèvent au-dessus de la discussion, et s'en vont dans les airs rejoindre les cerfs-volants ; encore ont-elles sur eux cet avantage incomparable de ne pas même tenir à la terre par un fil[2] ».

Thiers, le premier président de la IIIe République, n'est pas davantage ménagé : « Avec son gros petit ventre qu'on lui connaît... et qui tend chaque jour à s'arrondir, avec ses bras courts dont il est visiblement embarrassé, avec ses petites jambes qu'il voudrait bien mettre dans ses poches pour en avoir l'emploi, avec ses deux petits yeux de chouette qui regardent par-dessus ses lunettes, [il] n'a rien de la

1. Auguste Lireux, *Assemblée nationale comique*, *op. cit.*, p. 155.
2. *Ibid.*, p. 205.

prestance qu'on aime à supposer aux grands orateurs[1]. »

« Pour être député, il n'est pas indispensable d'être un honnête homme. Pour le devenir il est bon – quoi qu'on en dise – de l'avoir été[2] », selon Robert de Jouvenel, qui ajoutait avec une ironie non dénuée de bon sens : « Lorsqu'on est devenu député, on ne doit plus avoir qu'une préoccupation : le rester… Pour se maintenir, il n'y a qu'une règle essentielle : y penser toujours… [et] alors partager son temps entre trois besognes principales : courir, promettre, écrire[3]. » Et il stigmatisait « les députés qui jouent aux pontifes. […] À la vérité, on est représentant du peuple comme on serait représentant de commerce ; c'est souvent moins difficile, mais ce n'est pas toujours lucratif ; qu'on parle au nom de la démocratie… ou bien au nom de la maison Tartempion, l'important est d'avoir une clientèle et le devoir de la tromper le moins possible[4] ».

Daniel Halévy (1872-1962) s'est signalé par un humour moins corrosif envers les dirigeants politiques de son temps. Ainsi de ce portrait de Jammy Schmidt (1872-1949), député de l'Oise, ministre, personnalité éminente du Parti radical, qualifié d'un « creux le plus absolu de la pensée ». De Ledru-Rollin (1807-1874), une « âme virile, prompt aux prouesses verbales… moins ladre que Grévy, plus décoratif que Fallières ». De Clemenceau, « une sombre étoile qui passe… ».

1. *Ibid.*, p. *206.*
2. Robert de Jouvenel, *La République des camarades*, *op. cit.*, p. 19.
3. *Ibid.*, p. 22.
4. *Ibid.*, p. 38.

D'Émile Combes : « Il n'était rien qu'un sénateur fort effacé ; après 1905[1], il n'est plus que très peu de chose[2]. »

*

Écrivains, philosophes, essayistes, chansonniers, caricaturistes ou dessinateurs de presse ont ainsi recouru à l'humour pour nous montrer un certain visage du pouvoir.

Une démocratie ne fonctionne bien qu'à condition de savoir rire d'elle-même, de ses mœurs et de ses acteurs. Aujourd'hui comme hier.

*14 juillet 2021*

1. La loi de séparation des Églises et de l'État.
2. Daniel Halévy, *La République des comités*, Grasset, 1934.

# *Bibliographie*

*Journal officiel*, débats à l'Assemblée nationale.

Assemblée nationale, *Parole de député,* Ramsay, 2007.

Assemblée nationale, *Recueil des professions de foi.* (Le *Barodet)*

*

Pierre Allorant, Alexandre Borrell, Jean Garrigues, *Deux siècles de caricatures politiques et parlementaires,* PU Artois, 2019.

Jacques Attali, *Verbatim*, 3 tomes, Fayard, 1993/1995/1996.

Jean-Luc Barré, *Ici, c'est Chirac,* Fayard, 2019.

Hélène Bekmezian, *J'irai dormir à l'Assemblée*, Grasset, 2017.

Michel Charasse, *François Mitterrand. Pensées, répliques et anecdotes*, Le Cherche midi, 1997.

Michèle Cotta, *Le Monde selon Mitterrand*, Tallandier, 2015.

Gérard Courtois, *Parties de campagne,* Perrin, 2017.

Charles Daniélou, *Le Carnet d'un parlementaire*, Eugène Figuière, 1927.
Léon Daudet, *La Chambre nationale du 16 novembre*, Nouvelle Librairie nationale, 1923.
Robert de Jouvenel, *La République des camarades,* Grasset, 1914.
Christian Delporte, *Une histoire de la langue de bois,* Flammarion, 2009.
Pierre Dominique, *Monsieur le Parlement,* Éditions Baudinière, 1928.
Patrice Duhamel et Jacques Santamaria, *Les Flingueurs. Anthologie des cruautés politiques*, Plon, 2014.
Bruno Fuligni, *La Chambre ardente,* Éditions de Paris, 2001.
*Les Quinze mille,* Horay, 2006.
*L'Assemblée littéraire,* Ginko éditeur, 2010.
*Histoire amusée des promesses électorales,* Tallandier, 2017.
*Républiquissime,* Armand Colin, 2018.
Jean Garrigues et Jean Ruhlmann, *Élysée Circus*, Tallandier, 2016.
Georges Gatulle, *Petite histoire du Palais Bourbon*, Elytis, 2011.
David Genzel, *Les Mots du Président. Mitterrand le cynique*, Bourin, 2005.
André Guérin, *La Vie quotidienne au Palais Bourbon à la fin de la III^e^ République*, Hachette, 1978.
Catherine Guigon, *Palais Bourbon,* Le Seuil, 1988.
Pierre Guiral et Guy Thuillier, *La Vie quotidienne des députés en France de 1871 à 1914*, Hachette, 1980.

Daniel Halévy, *La République des comités*, Grasset, 1934.

Marcel Jullian, *De Gaulle. Pensées, répliques et anecdotes,* Le Cherche midi, 1994.

Auguste Lireux, *Assemblée nationale comique*, Michel Lévy frères, 1850.

Denis Mériau, *Le Parloir de la Nation,* Public Book, 2016.

Ernest Mignon, *Les Mots du Général*, Fayard, 1962.

François Muselier, *Regards neufs sur le Parlement*, Le Seuil, 1956.

*Palmarès des prix de l'humour et politique*, Horay, 2011.

Roger Priouret, *La République des partis,* L'Élan, 1948.

*La République des députés*, Grasset, 1959.

Anne Queinnec, *Qu'est-ce qu'il s'agit là-dedans ?,* First Éditions, 2017.

Paul Quimper, *Perles parlementaires*, Horay, 2011.

Hector Rolland, *Souvenirs dérangeants d'un godillot indiscipliné*, Albin Michel, 1990.

Jean Ruhlmann, *Comique, éloquence et discours politiques*, Centre d'histoire de Sciences Po, 2007.

Paul Sabourin, *L'Humour dans la politique*, Economica, 1983.

Philippe Saint-Germain, *Les Gaietés de l'Officiel*, Éditions des quatre fils Aymon, 1958.

*L'Officiel en délire,* Éditions du Fuseau, 1964.

André Santini, *C'est mon opinion et je la partage,* Albin Michel, 1992.

*Mieux vaut en rire,* Albin Michel, 1995.

*Bestiaire politique. Le Carnaval des animaux,* Plon, 2002.

Alfred Sauvy, *Humour et politique*, Calmann-Lévy, 1979.

François-Xavier Testu, *Le Bouquin des méchancetés*, Robert Laffont, coll. « Bouquins », 2014.

Albert Thibaudet, *La République des professeurs*, Grasset, 1927.

Paul Vigné d'Octon, *Les Grands et les Petits Mystères du Palais Bourbon*, Éditions Radot, 1928.

*Table des matières*

*Composition réalisée*
*par Rosa Beaumont*

Imprimé en France par CPI
en septembre 2021

MIXTE
Papier issu de
sources responsables
FSC® C003309

L'éditeur de cet ouvrage s'engage dans une démarche
de certification FSC® qui contribue à la préservation
des forêts pour les générations futures.

Pour en savoir plus :
www.editis.com/engagement-rse/

N° d'édition : 62652/01
N° d'impression : 166039